DU MÊME AUTEUR

Aux Éditions Gallimard

CHERBOURG, roman, 2019 (Folio n° 946)

CHARLES DAUBAS

LE PROCÈS DES RATS

roman

nrf

GALLIMARD

Un procès, lors de sa prime naissance, me semble, comme à vous autres, Messieurs, informe et imparfait. Comme un ours à sa naissance n'a ni pieds, ni mains, ni peau, ni poil, ni tête, ce n'est qu'une pièce de chair brute et informe. L'ourse, à force de le lécher, lui donne la perfection des membres. Ainsi, je vois, comme vous autres, Messieurs, naître les procès informes et sans membres. Ils n'ont qu'une pièce ou deux ; c'est pour lors une bête laide. Mais lorsqu'ils sont bien entassés, enchâssés, et ensachés, on peut vraiment les dire membrus et formés. Car la forme donne l'être à la chose. Comme vous autres, Messieurs, les sergents, huissiers, appariteurs, procureurs, commissaires, avocats, enquêteurs, tabellions, notaires, greffiers, et juges adjoints, suçant bien fort et continuellement les bourses des parties, ajoutent à leurs procès tête, pieds, griffes, bec, dents, mains, veines, artères, nerfs, muscles, humeurs.

François RABELAIS, *Le Tiers Livre*, 1546

Le monde ne saurait exister sans les parfumeurs et sans les tanneurs. Heureux celui dont le métier est parfumeur, et malheur au tanneur.

Talmud, « Kiddouchine », 82b

AVERTISSEMENT

De nombreux procès ont été intentés aux animaux durant tout le Moyen Âge. L'un des plus célèbres est celui du cochon de Falaise, condamné en 1386 par une cour seigneuriale au supplice de l'étranglement pour avoir mutilé un enfant. Et jusqu'au XVIIe siècle, il n'est pas rare de voir toutes sortes de bêtes appelées à comparaître devant les juges pour répondre de leurs crimes, comme n'importe quel justiciable.

C'est parfois à la justice ecclésiastique que revient la charge de l'instruction, dans le cas notamment des invasions de ravageurs où les accusés sont innombrables. Sous l'autorité d'un official, des tribunaux exceptionnels sont alors mis en place pour examiner la cause des escargots, chenilles ou limaçons accusés de dévastation, après qu'ils ont été convoqués par ordre écrit et par huissier. S'ensuivent plusieurs jours de discussions entre juges, procureurs et avocats chargés de défendre les bêtes.

L'ampleur de l'instruction et la nature des arguments déployés ont fait sourire certains chroniqueurs. Mais à une époque où le droit canon se codifie et s'unifie partout, où les jurisconsultes de toute l'Europe discutent des contours de la justice de Dieu, il n'est pas incongru de s'interroger sur la place qu'y tiennent les animaux, produits de la Création au même titre que les hommes. Doivent-ils se soumettre au jeûne du carême, chômer le dimanche, ou faire l'objet d'excommunications ? Voici certains des sujets qu'a abondamment traités le juriste Barthélemy de Chasseneuz et qui lui valurent de siéger aux parlements de Bourgogne et de Provence. C'est à Autun que son nom apparaît la première fois en 1510, lors d'un procès que l'évêché instruisit contre les rats à la demande des paysans dont ils dévastaient les champs. Et on raconte qu'à cette occasion Chasseneuz défendit si bien les bêtes qu'il leur obtint plusieurs délais, se faisant la réputation d'un *habile* avocat.

Prologue

La femme avait enlevé sa blouse pour la faire sécher au feu. De partout, la nuit tombait. La pièce éclairée par les flammes semblait soudain plus vaste, et ses contours les replis d'un monde mystérieux.

La bête était là, seule dans un coin. Deux naseaux d'où sortait une vapeur bleuie et dégoulinante de quelques gouttes.

La femme ne l'avait pas remarqué plus que ça, ce regard fixe, insistant, posé sur sa cuisse nue. En jetant un coup d'œil vers la bête, c'est vrai qu'elle lui avait trouvé un drôle d'air. Mais elle était trop habituée à cette présence pour y prêter vraiment attention. Depuis le temps qu'elle habitait avec eux, la bête en avait vu, des cuisses nues. D'autres choses aussi. Et la femme avait continué à retirer ses habits, un à un, à la lumière du feu, tandis que l'autre, dans un coin, la fixait sans bouger.

Quand l'homme était revenu du champ et qu'elle lui en avait un peu parlé, de cet œil-là, ça l'avait électrisé d'un coup. Toute la fureur qu'il avait récoltée autre part lui était remontée à la tête. Il s'était tourné contre la bête, criant d'abord, la frappant ensuite. Et, à mesure qu'il frappait, son esprit s'emplissait d'une colère trop grande pour lui, comme s'il sentait sur lui-même l'empreinte brûlante de ce regard, la salissure d'un désir intolérable. Il frappait de plus en plus fort et, à chaque coup reçu, l'animal répondait par une plainte qui lui arrachait la gorge.

Aux cris, des voisins étaient venus. Et eux aussi s'étaient très vite emportés contre la truie. À leur tour, ils s'étaient mis à l'insulter et à la frapper, semblant avoir contre elle leurs propres griefs. Puis on l'avait chassée de la maison et attachée à un piquet au bord du chemin. Elle était restée là quelques jours, sous l'œil hostile des gens du village. On l'entendait couiner un peu quand les hommes lui giflaient les flancs ou que les femmes faisaient mine de vouloir la battre. Mais, la majeure partie du temps, elle restait couchée, considérant d'un air morne ce monde qui s'était soudain retourné contre elle.

Quand il la vit approcher quelques jours plus tard, Chasseneuz ne trouva rien de particulier dans ce regard-là. Un œil vitreux d'où coulait une certaine lassitude pour toute cette agitation. Rien de plus. Le chanoine, lui, en était affolé. Il avait été chargé par l'évêque d'entendre la cause de ces paysans et d'expédier l'affaire au plus vite. Alors, il avait fait ouvrir en grand les portes de l'évêché et, aux premières rumeurs, s'était précipité à la rencontre de la délégation. Au bout de la cour pavée, il était tombé sur une truie revêtue de frusques d'hommes, précédant une dizaine de paysans à la mine grave. La bête était habillée d'une chemise bouffante dont on avait noué les manches au-dessus des sabots. Malgré tout, l'habit flottait et s'entortillait autour de ses pattes avant trop courtes, manquant de la faire chuter à chaque pas.

On fut un peu débordé par l'irruption de l'étrange procession. Après quelques discussions, on décida de ne faire entrer que le mari, la femme et la bête, et on laissa dehors le reste de la délégation. Si bien qu'en entrant dans la grande salle ils n'étaient plus que cinq. Chasseneuz, le chanoine, les deux époux et la truie qu'on n'avait toujours pas entendue.

Le chanoine parla en premier, meublant de mots inutiles le silence qui les entourait, puis il laissa la parole aux deux paysans. Mais le mari et la femme restèrent muets. Privés de leur cortège furieux, ils semblaient chercher des yeux dans les recoins de la pièce immense le fil de cette colère qui les avait menés jusqu'ici. Et quand l'homme se leva enfin, le filet de paroles qui sortit de sa bouche était si mince et si peu convaincu qu'il se dispersa dans l'espace autour sans rien rencontrer.

Le chanoine le laissa debout un moment, à vaciller comme la flamme d'une bougie. Puis il prit la parole. Il parla au passé de cette colère qui les avait poussés ici et qu'il voyait se dissiper déjà. Il loua leur bon sens, ce bon sens qui maintenant les apaisait. Il évoquait leur paix retrouvée, tandis que les deux paysans, n'osant rien lui opposer, hochaient timidement la tête. Et pour leur donner quelque chose à ramener aux autres qui attendaient dehors, il tança tout de même un peu la truie qui, en retour, ne bougea pas une oreille.

Ainsi sembla-t-on arriver au bout de l'affaire, sans même qu'on eût à entendre Chasseneuz. À vrai dire, on ne s'attendait pas à ce qu'il en soit autrement. Il n'était à l'époque qu'un jeune avocat et, bien qu'on l'ait sollicité en qualité de jurisconsulte, c'était encore un bien grand mot pour lui. Alors, quand le chanoine se tourna vers lui, c'était uniquement afin qu'il habille de quelques mots juridiques cette envie désormais flagrante qu'avait tout le monde de rentrer chez soi.

Mais l'avocat, loin de conclure, se mit à discourir autant qu'il put. L'affaire était grave, et au vu des griefs il fallait un procès. Il faudrait prouver la luxure. Pour avérer la faute, il faudrait démontrer l'intention. Et donc prouver qu'une bête soit capable de se porter sur des choses qui sont hors de sa nature. Surtout, il faudrait à cet animal un fondé de pouvoir pour le représenter. Et ce fondé de pouvoir, ça pouvait être lui.

À mesure qu'il parlait, Chasseneuz s'échauffait, trouvait de nouveaux mots et de nouveaux motifs. Et, à mesure qu'il parlait, le chanoine pâlissait.

Finalement, on ne fit rien. Il n'y eut pas de procès, pas de fondé de pouvoir. Tout le monde retourna chez soi et on finit, quelques semaines plus tard, par manger le cochon. Puis la peste emporta tout. Les paysans, le village, les histoires de cochons. Elle battit la campagne et traversa Autun comme un incendie qui passe d'une maison à l'autre et qu'on ne peut arrêter. Elle emporta la moitié des têtes connues avant de s'en aller, d'un coup.

Barthélemy de Chasseneuz, lui, y échappa. Il avait quitté la ville avant. Ce faisant, il emporta avec lui la mémoire des mots prononcés ce jour-là, sur la truie et le reste, ainsi que les mots absents, ceux qui auraient dû peupler le procès envolé. Et tous ces mots, ceux qui furent dits et ceux qui manquaient, tous firent avec lui un grand voyage.

Quand il revint à Autun deux ans plus tard, ils s'animèrent de nouveau, baignant dans l'air de la ville comme dans un sang neuf, revigorés et avides, prêts à s'emparer de cette énergie extraordinaire que la peste avait débarrassée des pesanteurs de l'ancien monde.

La Penouille

Lorsqu'il lève ses mains au-dessus du feu, Hémo ne voit rien. L'eau a tout nettoyé. La lueur des flammes ondule sur sa peau claire, presque diaphane, sur ses doigts fins écartés comme les pales d'un éventail. Ce sont encore des mains d'enfant. Pas encore des mains de boucher. Pourtant, il en a découpé, des bêtes et des cuissots. Frappé au couperet à la jointure entre les os, pour briser les ligaments, détacher les cuisses et les jarrets. Il a porté dans ses mains jointes des kilos de foie, cette matière spongieuse et lourde qui s'échappe d'entre les doigts. Mais l'eau lave tout. Elle emporte le sang, et la couleur blanche finit toujours par réapparaître.

Hémo pense à ces autres mains qui ne se nettoient plus. Les mains marquées. Il pense à celles de Caboche, à son couteau quand il tranche la gorge et que le sang coule. À cette tache sur sa peau qui soudain devient plus rouge et reprend vie, abreuvée par le flot écarlate d'un veau ou celui plus brun d'un vieux bœuf de réforme.

On dit que le sang versé laisse parfois une trace qui ne part plus, qui se ravive à chaque équarrissage. Une empreinte qui garde pour toujours la soif du sang. Et ils sont là, serrés autour du feu, les quatre apprentis de Caboche, occupés à ausculter leurs doigts à la recherche de la plus petite tache. Dans l'air moite, assis sur un rondin ou sur une chaise, ils observent leur peau en se demandant quand elle apparaîtra. Quand leur tour sera venu de porter la marque des bouchers.

Mais pour l'instant, ils ne sont que des vachers, seuls dans l'air vicié de cette masure dont le toit percé d'un trou laisse s'échapper la fumée du foyer. La Penouille, ce n'est rien d'autre qu'un sol de terre battue entouré de murs de pierre et de terre mêlées, un gros caillou sale dont on dirait qu'il a dévalé la colline jusqu'à mi-pente puis s'est arrêté là, au milieu de la grande pâture qui fait face à Autun.

Si l'on descend un peu plus bas, on arrive dans cette mince plaine qui serpente au pied des remparts et de la cathédrale. Mais si l'on remonte la colline, alors très vite la forêt commence. Le sous-bois d'abord, où s'enchevêtrent les noisetiers, les jeunes hêtres et les fougères, qui font comme un feutre vert appesanti sur le haut du coteau. Puis, tout là-haut, la ligne des grands arbres qui s'élève et bascule de l'autre côté, sur l'autre versant, là où le regard ne porte plus.

La forêt court très loin. Plus loin que l'ancien prieuré perdu au milieu des arbres. Elle court jusqu'à Marmagne et même au-delà.

De jour, elle est déjà immense. Mais quand vient la nuit, elle devient infinie. Elle a son propre royaume, que la lune ne parvient pas à éclairer tout entier. Elle a ses rois, ses reines et ses serviteurs qui vivent là, à couvert, sous le manteau des arbres. Ils s'installent partout où les rayons de la lune échouent à percer. Ils habitent cette grande ombre qui s'étend loin après l'horizon, et dont le territoire commence juste là, à quelques pas de la Penouille, sous ces arbres qui gardent le haut du coteau.

Certains soirs d'été comme celui-là, quand la forêt exhale son air humide, la brume s'élève par lambeaux successifs qui viennent se masser au sommet de la colline, telle une armée qui attend son heure. Puis, d'un coup, elle dévale la pente jusqu'à la ville. Elle bute sur l'enceinte au pied des hauts quartiers, s'enroule autour du mur puis s'infiltre par les rues basses, entre les bâtiments. Et elle finit par s'installer, alanguie dans la plaine où elle noie presque tout.

Au-dessus de la mer blanche, il ne reste que la Penouille, en haut du coteau, seul point de la terre émergée éclairé par la lune. Tout autour, la pénombre est si dense qu'on croirait la sentir peser contre les murs. Alors, même s'il fait chaud, les enfants allument un feu, pour maintenir la nuit à distance. Et ils rentrent quelques bêtes qu'ils font dormir avec eux, au pied des murs. Là, elles forment une barrière de vie, un cercle magique qui respire, qui dort et qui grogne.

Ce soir, personne ne parle vraiment. Hémo rêve. Et Nadet fixe la pointe de ses chaussures, dont il tend le bout humide vers les flammes. Il pense à la ville en bas, à la foire de la Saint-Ladre et à la fête qui se prépare.

Tout le monde est déjà là. Les marchands. Les forains. Et surtout le montreur d'animaux. Nadet dit : « L'ours s'est échappé hier. Le montreur lui a couru derrière toute la nuit. »

Les autres ne réagissent pas. Seul Hémo relève : « S'il s'approche de mes bêtes, je jure que je le tue. »

Les autres sourient. Ils l'imaginent, lui, le plus jeune d'entre eux, son petit corps léger qui se mesure à celui de l'ours.

« Et comment feras-tu ? Avec tes mains nues ! »

Hémo ne répond pas. Il a ses bêtes, comme tous les apprentis. Elles sont là, dans le pré, perdues au milieu de celles de Caboche. Elles ne sont pas nombreuses, mais il tient à elles. Alors il pense à l'ours et il s'inquiète. Il dit tout haut, comme pour lui-même : « Il est parti dans la forêt, c'est sûr. »

À ces mots, les enfants se tournent vers l'extérieur, vers la vieille porte qui se dresse entre eux et la nuit dehors. L'obscurité est si dense qu'on la lit, noire, entre les planches disjointes. Et la même idée s'étend partout autour d'eux : la forêt, profonde, et ces ombres qui l'occupent. Ils les imaginent, toutes proches, circulant sous le couvert des arbres. Parmi elles, ils sentent une présence nouvelle, plus puissante. Là-bas quelque part, il y a l'ours, c'est certain.

Dehors, dans le sous-bois, une forme se faufile dans l'espace sans lune. Elle se tient sur deux jambes mais n'a rien d'un ours. Elle s'approche jusqu'à la limite des arbres, jusqu'à la clôture en noisetier qui sépare le bois de la prairie. Elle s'arrête là, observant devant elle la pâture en léger dévers et, à quelques dizaines de mètres, la masure et cette lumière dansante qui perce par l'encadrement de la porte. Elle s'avance à nouveau, étudie la barrière à la recherche d'une ouverture quelque part ou d'un segment de bois pourri. Elle longe les traverses de noisetier puis s'agrippe à l'une d'entre elles, faisant balancier de tout son poids.

À ce signal, d'autres ombres restées en arrière la rejoignent. À leur tour, elles s'approchent des traverses, montent sur les pieux, pèsent à l'unisson sur la barrière, la tordant dans un sens puis dans l'autre. Très vite, la terre s'ameublit et l'un des pieux se soulève, emportant au sol tout un pan de clôture.

Les ombres tombées à terre se relèvent et regardent, silencieuses, la brèche ouverte. Puis elles s'en retournent vers le cœur du bois, discutant à voix basse et riant même un peu.

À l'intérieur de la Penouille, les adolescents se sont raidis. Bien sûr, ils l'ont entendu, ce grand craquement venu de la forêt toute proche. Et ils regardent vers la porte, apeurés. Ils écoutent autant qu'ils peuvent. Plus de bruit. Seulement le vent qui s'engouffre dans l'écart entre le chambranle et le cadre de pierre, semblant pousser vers eux la nuit du dehors.

Nadet se lève, fait quelques pas. Il s'arrête, hésite. Un autre demande :

« Tu vas voir ?

— Non. Je ne vais pas dehors. »

Nadet s'approche des bêtes au fond de la pièce. Elles n'ont pas bougé. Et il finit par dire : « C'est peut-être juste un arbre ou une branche qui est tombée. »

Les autres essaient d'y croire. C'était peut-être ça, après tout. Une branche. Oui, ça doit être ça.

Mais ce qui leur parvient alors emporte tous les doutes. Cette fois, c'est un hurlement immense qui déferle sur eux, un enchevêtrement indistinct de cris et de beuglements qui se précipitent dans la prairie par la barrière abattue. Quelque chose a réveillé les créatures qui somnolaient dans la forêt, et elles se sont mises à courir, changées par la panique en une masse furieuse et aveugle, le corps frottant contre les troncs maigres, brisant les branches et les traverses de la clôture mise à terre. Une horde informe qui inonde le pré et bat de ses sabots la bonne pâture, sans même la voir.

Mais, une fois dans la prairie, la lune a allumé les yeux blancs comme la nacre. Sous ses rayons, les corps ont repris leur forme. Les bœufs aux flancs creusés mais aux cuisses puissantes, les chevaux aux ventres gonflés par les feuilles. Peu à peu, les bêtes se calment, et les cris que l'effroi avait mêlés en un seul se déploient autour de la Penouille. Les meuglements se distinguent des mugissements, les hennissements se séparent entre eux. Et les enfants comprennent. Par-delà le mur, ils reconnaissent le son familier des bêtes de trait que les laboureurs avaient mises à paître dans le sous-bois, faute de mieux. Et qu'à la faveur de la nuit ils viennent de pousser dans la grande prairie de Caboche.

Les petits vachers se regardent, soudain rassurés par cette présence venue s'enrouler autour de la maison et qui les tient au chaud. Ils ne disent rien. À quoi bon ? Les bêtes peuvent rester là, au moins pour cette nuit. Il est trop tard pour les reconduire dans la forêt. Il fait bien trop noir. Caboche sera furieux mais, à eux, ça leur va bien qu'elles restent là. Ça met comme une distance entre eux et la ligne des arbres, et cet ours qu'ils imaginent toujours tapi quelque part.

Seul Hémo s'est levé. Il songe aux vaches de Caboche et aux siennes, noyées dans ce bestiaire famélique débarqué de la forêt. Il pense à la pâture qui va se changer en boue sous ces centaines de sabots, à ce qu'il restera demain de l'herbe soyeuse. Et, à cette idée, son corps s'agite. Les autres le regardent, anxieux. C'est lui maintenant qui les inquiète, à tournicoter comme ça dans la pièce, l'air de vouloir sortir.

« Qu'est-ce que tu as, Hémo ? Assieds-toi. Il n'y a rien à faire. »

Mais Hémo n'écoute pas. Que lui importe l'ours s'il ne reste rien à manger pour leurs bêtes. Il trépigne, tourne sur lui-même. Son esprit est déjà dehors. Et son corps s'élance vers la porte, comme s'il s'en allait à sa poursuite. Il disparaît d'un coup, avalé par la nuit.

À sa suite, Nadet s'est levé, se jetant contre la porte pour la fermer. De là, il l'appelle, criant vers le dehors, l'oreille collée contre le bois. Il reste sans réponse. Près du feu, les deux frères Rigaudon l'observent sans bouger.

Qu'est-ce qu'ils y peuvent ? Hémo est fou de toute façon. Dieu sait ce qui va lui arriver maintenant.

Hémo est déjà parmi les bêtes. Il entend la voix de Nadet, mais ne répond pas. Il en a surpris d'autres, celles, furtives, des laboureurs sortis de la forêt et qui redescendent maintenant vers la plaine. Il va vers eux, sans bruit. Il dévale la pente, se faufile lentement, marche presque accroupi entre les corps serrés, forcé parfois d'aller à quatre pattes pour passer sous une encolure. Autour de lui, les bêtes somnolent, et il les contourne, l'une après l'autre. Il sent leur odeur musquée, le rayonnement de leur corps qui vient chauffer ses joues.

Quand il se redresse, il ne voit rien. Seulement la campagne obscure qui s'étale comme une eau noire jusqu'aux premières lumières d'Autun. Et la cathédrale, penchée sur elle, une lueur suspendue au-dessus de la terre absente.

Hémo marche maintenant à découvert, sous les rayons de lune. Il arrive au bas du pré. Autour de lui, il n'y a rien. Juste le profil sombre et sévère du vieux tumulus de pierre, resté seul à l'attendre ici. Au-delà, pas un bruit, plus aucune voix. La nuit et le silence, sur toute l'épaisseur de la plaine.

Il sent soudain qu'il s'est trop avancé dans cette nuit-là. Il a couru vers elle sans s'en apercevoir. Et elle a refermé ses bras sur lui. Alors, pour la première fois, il se retourne, lève la tête vers la Penouille tout là-haut. Il voit la fumée qui monte. Il peut sentir l'odeur âcre de terre à l'intérieur et entendre, comme s'il y était, le souffle des bêtes.

Et soudain, un coup sur sa tête, venant de derrière. Une grande chaleur, et ses jambes qui deviennent molles.

Hémo se sent tomber sur l'herbe.

Premier renvoi

Ce matin, tout Autun est agité. La ville basse s'emplit déjà de ces foules qui viennent pour la foire de la Saint-Ladre, et qui attendent, frénétiques, le début des festivités. Les gens s'entassent et, partout, on joue des coudes : sur le Champ de Mars, dans les rues autour, devant les échoppes. Même dans l'étuve, on se pousse pour une place dans les cuves ou dans les chambres. Et en coulisse, la tenancière, la veuve Plisson, court d'une dispute à l'autre.

Une foule nombreuse s'est aussi massée sur la colline, devant la cathédrale. Elle est montée dans cette ville haute que l'évêché d'Autun fait croître comme une plante épiphyte, loin du sol, pour la préserver du tumulte de la plaine. Cette ville qu'il a nourrie pierre par pierre, sur le corps de la vieille cité gallo-romaine disparue sous elle.

La foule ne sait rien de l'ancienne Augustodunum, de ses murs démembrés pour alimenter l'immense cathédrale Saint-Lazare qui s'élève au-dessus d'elle. Elle est venue pour écouter l'avocat, pour entendre ses mots étranges qui l'irritent et l'aimantent à la fois. Et elle se presse sur l'étroite esplanade, se ramassant pour qu'il puisse se tenir seul et bien en vue, le long d'une façade.

Cet homme, c'est Barthélemy de Chasseneuz. À ses pieds, il y a un autre homme, à plat ventre. Le cou tordu et le corps crispé, il lève les yeux vers une affiche placardée sur le mur, un mètre plus haut. Chasseneuz lui parle d'une voix forte, afin que tout le monde puisse l'entendre : « Alors, dites-nous, que lisez-vous ? »

L'homme tend sa tête vers l'affichette, soulève légèrement les épaules. Mais Chasseneuz, du pied, l'en empêche : « Non, non. Ne vous relevez pas. Vos yeux doivent être presque au sol. »

L'homme s'affaisse. Et l'avocat le presse encore : « Eh bien, que lisez-vous ? »

Sur l'affiche trop haute, les écritures apparaissent minuscules, illisibles. Et l'homme, qui sait pourtant lire, répond d'une toute petite voix : « Rien. »

Chasseneuz, qui s'était baissé pour l'entendre, se relève et répète d'une voix forte, à l'adresse de la foule : « Vous entendez ? *Rien !* »

À ce mot, toute l'assemblée bruisse de l'intérieur. Il y a les badauds et les marchands de passage, remontés de la foire et se pressant ici comme au spectacle. Il y a surtout les laboureurs, ceux dont les rats ont décimé les champs, et les autres, venus de tout le pays, qui attendent, fous d'inquiétude, qu'on les libère de ce fléau.

La place devant la cathédrale est bien trop étroite pour contenir tout ce monde. Le parvis déborde de gens, du bas jusqu'en haut. Certains sont même montés sur la margelle de la fontaine, tandis que d'autres s'agglutinent en haut de l'emmarchement, sous le tympan du Jugement dernier. Jusque sur la pierre sculptée, on semble se presser entre justes et damnés pour mieux voir.

Assis tranquillement au premier rang, il y a les gens du tribunal : tout l'aréopage de l'official, les juges, le grand vicaire, les chanoines et les greffiers. Ils ont suivi l'avocat dehors, sans discuter, comme s'il était seul à dicter le cours du procès. Et ils le scrutent en murmurant.

Chasseneuz, l'air satisfait, regarde la foule un moment. Il attend que la rumeur se calme puis il se tourne à nouveau vers l'homme : « Eh bien, pensez-vous qu'un rat qui vit et regarde le monde à votre hauteur peut lire ces écritures ? »

À ses pieds, l'homme s'est relevé. Il semble hésiter, troublé d'être devenu le centre de l'attention. Il répond d'une voix atone : « Non. »

Chasseneuz n'attend pas. Il s'écrie : « Des affiches pour informer les rats de leur convocation, il y en a, certes ! Mais si elles sont trop hautes pour eux, quel intérêt ? Aussi je vous le demande, et je le demande au tribunal qui siège devant nous : que veut-on ? Leur faire un juste procès ? Pourra-t-on dire demain que nous avons été dignes de la cause que Dieu a mise entre nos mains ? Car il faudrait dans ce cas expliquer comment les rats pourraient se présenter ici pour leur défense sans avoir connaissance de la tenue de ce procès ? »

Le visage défait, les juges suivent le manège de cet avocat qui se met chaque fois en travers de leur route, invoquant de nouveaux motifs pour retarder le moment où l'on bannira les rongeurs. Derrière eux, la foule s'agite et gronde, tandis que Chasseneuz élève la voix pour couvrir le brouhaha provoqué par chacun de ses mots.

« Laissez-moi vous rappeler que des crieurs ont été dépêchés pour informer les limaçons du lac Léman lors du procès qui leur a été fait. Pendant plus de deux heures, ils ont parcouru la campagne alentour pour exposer les motifs de l'accusation.

« Et nous ici, nous pourrions nous abstraire de ce qui oblige les autres ailleurs ? Le droit canon est pourtant le même partout. Il nous a été confié par Dieu pour que nous jugions en son nom, *ex Divino primitus implorato auxilio*, sur toute la surface de la terre. Et non selon les usages de chacun, selon ce qui leur semble le plus simple et le plus aisé.

« N'oublions pas qu'Il nous regarde et qu'Il nous voit. De la manière dont nous jugeons, c'est nous aussi qui sommes jugés ! »

Et sur cet avertissement, Chasseneuz se tait. Dans les rangs, on râle, on se fait expliquer les choses. Car on n'y entend rien. Que veut l'avocat ? En quoi cette histoire de lac et de limaçons les concerne-t-elle ?

De l'arrière, certains jettent des injures à la volée, des plaisanteries aussi, et le flot des têtes ondule de gauche à droite selon ce qui emmène son attention. « Excommunions les rats avant qu'ils nous affament ! »

Et, de plus loin, un autre crie : « Excommunions l'avocat aussi. » La foule rit.

Chasseneuz laisse l'indignation et la colère s'épanouir, sûr que ses mots courent encore dans les esprits. Il sait qu'à un moment la foule viendra pour lui en réclamer d'autres. Et par endroits en effet, les regards se figent déjà, délaissant ces paroles qui fusent, celles qu'on jette pour amuser ou pour meubler. Dans les rangs, certains demandent qu'on le laisse parler. Lui, l'avocat. On ne l'aime pas, c'est certain. Mais, après tout, il faudra bien qu'on l'entende.

Oui, il le faudra bien, puisque depuis le début du procès c'est dans ses pas qu'ils mettent les leurs. Tous le suivent, de l'official jusqu'au plus petit laboureur. Ils pestent contre lui, contre ces détours incessants et ces ralentissements qu'il leur impose. À quoi bon toutes ces discussions, pensent-ils. Ne pourrait-on pas abréger, maudire les rats, les menacer d'anathème, qu'ils s'en aillent enfin ? Mais quand ils repensent à ces pièges que l'avocat dit leur éviter, à ces abîmes invisibles qui bordent leur chemin et dans lesquels ils pourraient perdre leur salut, plus aucun ne songe à couper court. Et ils attendent, silencieux, qu'il reparte, qu'il les guide à nouveau sur cette route tortueuse dont le sens leur échappe mais qui semble seule contenter Dieu.

De son côté, Chasseneuz attend qu'ils se soient tous bien tus, que la petite troupe frondeuse lui fasse à nouveau allégeance. Dans un mouvement de fausse déférence, il se tourne vers l'official, attendant un signe. Et il reprend, d'une voix lente, appesantie, comme pour mieux sentir la masse des esprits mis au pas derrière lui.

« Il ne peut y avoir de juste procès si les accusés n'ont été proprement informés *ex integro*. Et il n'est assurément pas du droit des hommes que de condamner les autres bêtes de Dieu, fussent-elles rats ou autre chose, sans qu'elles puissent comparaître et se défendre.

« Chaque animal, même le plus insignifiant, est une parole de Dieu. Et s'Il nous a pourvus de raison, ce n'est pas pour que nous la retournions contre les autres produits de la Création. C'est pour que nous puissions comprendre Sa parole, même quand elle vient de ceux qui en sont dépourvus. Qu'il nous soit donné, avec l'appui du droit canon, de la faire triompher partout.

« Je demande donc que les rats puissent être entendus avant d'être condamnés. Que l'on ajourne le procès, et que dans chaque paroisse soit réalisé un juste affichage qui tienne compte de la hauteur des bêtes, afin que l'information soit aisée et juste. Et que soit lue l'assignation sur chaque place publique de chaque paroisse qui a connu un ravage, afin qu'elle soit bien entendue par ceux qu'elle vise.

« Rappelez-vous qu'il y va du salut de nos âmes. Car il n'y a pas d'autre juge que Dieu. Et il ne nous revient pas à nous, Ses créatures parmi les autres créatures, de dire à Sa place lesquelles valent plus que les autres. »

Chasseneuz se tourne vers le tribunal. Il attend que quelqu'un parle, que quelqu'un se dresse devant lui. Car on pourrait contester, dire que c'est bien méconnaître l'ordre de la Création que de mettre ainsi l'homme au même rang que les bêtes. Si Dieu l'a créé en dernier, n'est-ce pas justement parce qu'Il a voulu le monde pour lui ?

Quelqu'un pourrait s'engouffrer dans cette faille qu'il a laissée béante devant eux. Mais tous savent que dans cette faille il a autrefois vaincu Guy de Montbard, à coups d'Épître aux Romains, de saint Paul parlant de tous les animaux comme des enfants de Dieu. Alors ils se taisent. Ce ne sont pas des gens pour ce genre de bataille. Et Chasseneuz s'assoit, sans savoir ce qui l'emporte chez lui, de la jouissance ou de la frustration. Installé sur une chaise, il les ignore, se demandant qui voudra bien la lui donner, cette contradiction qu'on lui refuse aujourd'hui. Peut-être faudra-t-il un jour qu'il se la donne à lui-même, puisque le reste du monde en paraît incapable. Peut-être faudra-t-il un traité, pour raconter tout cela, avec un peu plus de grandeur, un peu plus d'adversité.

Tandis qu'il songe, tous le regardent, anxieux, attentifs au moindre de ses gestes. Et peu à peu, les juges réalisent avec effroi qu'il s'est tu pour de bon, que c'est à eux maintenant d'emmener la suite quelque part. Le premier d'entre eux, l'official, s'adresse à Chasseneuz : « L'avocat a-t-il fini ? »

Chasseneuz le lui confirme d'un simple geste de tête, et les gens du tribunal se mettent à parler entre eux, se concertant à voix basse un long moment. Puis, d'un coup, on les voit se lever comme un seul homme : les juges, le procureur, les avoués et greffiers, les chanoines. Ils quittent la place, l'air grave, fendant la foule sans un regard pour elle.

Dans l'assemblée, après un moment de flottement, on se met à crier. « Ils repartent ! » Et la foule vrombit. Elle les poursuit, les entoure, sans oser les arrêter ni toucher leurs beaux habits. Un cri émerge, et on court à nouveau, plus loin cette fois, pour s'agglutiner devant la porte de l'officialité toute proche, et faire barrage à leur dérobade.

La file des juges s'arrête, et l'official s'avance seul : « Retirez-vous. Le tribunal doit entrer pour discuter des suites à donner à l'appel de la cause. »

Mais on ne l'écoute pas. Non, la foule ne bougera pas d'ici. Elle les a pour elle, pour une fois, et elle les garde. Et, sans qu'on sache pourquoi, les portes s'ouvrent derrière elle, découvrant l'officialité vide. En un instant, tout le monde se presse vers l'intérieur. Les laboureurs, les bourgeois, les chanoines et les avoués, tous, sans distinction, viennent s'engluer sous le portail. On pousse et on s'empoigne de plus belle, tandis que l'official s'écrie en vain.

Ils sont quelques-uns à être restés sur la place bordant la cathédrale, ignorant la mêlée qui se joue plus loin : des badauds qui plaisantent sous le soleil qui sort, et un groupe de jeunes chanoines qui s'attardent à discuter sur le parvis. Tous gardent un œil sur l'avocat, espérant de lui un dernier retournement. Mais Chasseneuz finit par s'en aller aussi, absorbé par ses pensées. Et, avec lui, la place se vide de ses derniers curieux. Les badauds redescendent à la ville basse tandis que les jeunes chanoines, déçus, repartent vers leur chapitre. Même dans le ciel de la cathédrale, toutes les bêtes de pierre, descendues pour l'occasion, remontent se figer en haut de leur pilier : l'Éthiopien aux deux paires d'yeux suivi de l'hippogriffe à queue de lion, et Nabuchodonosor traînant derrière lui son arbre gigantesque. Même le pauvre diable aux oreilles pointues remporte avec lui son serpent, celui qui entre par sa bouche et lui sort par l'anus.

À la barrière

Chasseneuz descend le long des rues abruptes qui mènent jusqu'au pied du rempart. Il marche vers l'ancienne porte de Rome, celle qui pointe vers le sud-est.

Aujourd'hui, la porte n'est plus qu'un mot. Elle a été démontée depuis longtemps, et ses pierres utilisées pour renforcer le rempart et les maisons autour. Seul l'écart est resté, la faille et, à travers, la même portion d'horizon, celui que la jeune élite gauloise fouillait déjà des yeux, imaginant Rome quelque part dans le lointain. Mille ans plus tard, Chasseneuz aussi a regardé par là, s'interrogeant sur ce qu'il pouvait y avoir, par-delà ces collines boisées. Puis un jour, il a fait ce grand pas, il a enjambé ce pays, lui le seigneur sans terre, pour atterrir à Pavie.

Mais ce matin, l'Italie est loin. Une fois de plus, le pays d'Autun vient le tirer par la manche, et Chasseneuz dévale la pente vers cette campagne qu'il n'aime pas, qui s'étend au pied de la ville, recouvrant les contours de la vieille cité d'Auguste. Il va dans cette plaine limoneuse où tout ce qui descend de la lumière est éternellement corrompu par la terre, broyé par le ressac infini des saisons. Devant lui se déroulent ces champs jaunes et ces chaumières plantées de barbe de Jupiter, censée les protéger de la foudre. Çà et là, des vestiges de l'ancien temps émergent comme des pierres que la terre ne digère pas : les restes d'un temple à la divinité incertaine et le vieux tumulus qui abrite la sépulture d'un druide éduen dont on raconte qu'il fut l'ami de Cicéron et César. Mais qui sait. Ici, tout finit par se confondre, même la Rome céleste et la Gaule tellurique.

Aujourd'hui encore, on l'appelle, pour des histoires de prés et de barrières abattues, on le fait descendre parce qu'on pense que tout ce qui vient de la terre devrait se régler à sa hauteur, à fleur de sol. Que la justice doit venir ici, trancher les affaires qu'ont entre eux les bêtes et les hommes, s'embourber dans leurs arrangements grossiers.

Pour les rats, en revanche, il l'interdira. Il défendra cette cause contre tout ce pays, ce qu'il a de faible et de compromis. Il la gardera là-haut, qu'elle s'épanouisse sous les rayons du droit canon. Et un jour, on pourra admirer ce que sa lumière a fait d'elle. Alors on parlera d'eux, c'est certain. On en parlera bien plus loin que ces champs et ces collines. Et les rats seront bien inconscients de la gloire dont ils auront entouré ce pays.

Cette idée le tient sur quelques centaines de pas. Elle l'entraîne sur le chemin, le long du ruisseau de Brisecou, parmi les champs plats, jusqu'au pied de la colline. Puis la pente se retourne et le prive soudain de ses pensées. Le ruisseau a filé, disparaissant dans la forêt par un vallon plus loin, sur la gauche. Et l'avocat vient buter sur cette côte dressée contre lui.

Là-bas, tout en haut du pré, il aperçoit Caboche qui étudie sa clôture brisée, le pied appuyé sur le bois d'un piquet. Sous les premiers arbres de la forêt, le boucher porte beau. Chasseneuz, lui, monte en s'essoufflant. Ils ont presque le même âge, c'est-à-dire encore jeunes. Mais la pente le fait ressembler à un vieillard dyspnéique.

Arrivé tout près, l'avocat s'arrête, reprend sa respiration quelques instants. Puis il cueille Caboche sans prévenir : « Alors c'est bien vrai ce qu'on raconte ! L'écorcheur veut devenir éleveur maintenant ! »

L'autre se retourne, à peine surpris. Il étudie l'avocat un instant : « Tu le découvres seulement ? »

Chasseneuz évite la question : « Les pires légendes courent sur toi. Tu sais ce qu'on dit ? La peste prend les parents, Caboche s'occupe des enfants et des bêtes. »

L'avocat jette un coup d'œil aux apprentis qui poussent les vaches vers le haut du pré : « Tu ne les manges pas au moins ? »

Caboche soupire : « Grâce à moi, ils ont à faire. »

Puis du pied, il montre à Chasseneuz le bois au sol.

« Les laboureurs ont défoncé la clôture, dans la nuit. Et ils ont poussé leurs bêtes dans mon pré, toutes celles qu'ils avaient mises à pâturer dans la forêt. Ils ont même attrapé un des gamins qui voulait les en empêcher. »

L'avocat fait la moue : « Et alors ? » Il monte sur une traverse au sol, essayant de garder son équilibre, debout sur le bois. « Va te plaindre à l'évêché. »

Caboche secoue la tête.

« On ne m'écoute pas. Quand j'y vais, on ne me laisse même pas parler.

— Pour t'entendre dire quoi ? Tu sais bien que tu n'as pas le droit d'enclore tes champs. La vaine pâture est un droit pour tous. »

Caboche le regarde faire l'équilibriste sur sa traverse. Qu'est-ce qu'il peut bien savoir du droit de tous ?

Chasseneuz bascule, s'avance vers un autre piquet, à moitié déchaussé. Il lui donne un coup de pied, comme a fait Caboche tout à l'heure. Mais cette fois-ci, le bois reste fiché dans la terre. L'avocat grimace.

« Tu dois ouvrir tes prés, Caboche. Et puis ce sont les plus proches de la ville.

— Pourquoi ? Regarde autour de toi. Et dis-moi. Est-ce qu'on manque de terres ? »

De sa main, Caboche survole la campagne qui s'étale sous leurs yeux. Les champs arrivés presque à maturité. Le jaune irrégulier, troué de couleurs sombres. Et il dit :

« Des terres, il y en a partout. Il y en a même trop.

« Depuis la peste, il y a autant de terres pour deux fois moins de bras. On pourrait en mettre un peu à disposition pour la pâture, tu ne crois pas ? Mais non ! On garde tout pour la culture. Et qu'est-ce qu'on y gagne ? De mauvais champs, mal cultivés. Des hommes qui s'épuisent sur ces terres immenses. Et qui épuisent leurs bêtes aussi. »

Il referme sa main, met le poing dans sa paume.

« Des prés, par contre, il n'y en a nulle part. Nulle part où faire reposer les bêtes et les engraisser un peu. Alors on les envoie dans la forêt. Puis, quand ce n'est plus assez, on les envoie chez moi.

« Mais moi, j'ai seulement une pâture ! Juste assez pour mes vaches. Ce pré, je l'ai gagné avec mes bras, sur la forêt. C'est moi qui le défriche, qui tient le sous-bois à distance, chaque année. Et il faudrait que je le partage avec tout ce monde-là ! Il faut que l'évêché revoie ses fermages, ses louages. Il y a bien assez de terres pour de nouvelles pâtures. »

Chasseneuz sourit.

« Et pourquoi ferait-il ça ? Les récoltes sont mauvaises, tu viens de le dire. Les gens se plaignent déjà de tout : des rats, des maladies, des pluies au printemps qui ont noyé leurs champs. Qu'est-ce qu'ils diraient si, en plus, l'évêché leur enlevait des terres à cultiver ? Ils diraient que l'évêque pense aux bêtes plus qu'aux hommes, qu'il travaille pour le compte de l'écorcheur.

— Et alors ? C'est dans l'intérêt de tous si les bêtes engraissent un peu. Pas seulement le mien. Cette campagne dessèche sur pied. Elle s'épuise à survivre et elle y arrive à peine. Juste assez pour qu'une nouvelle peste vienne la cueillir bientôt. »

Caboche marque une pause.

« Qu'est-ce que tu crois qu'on me demande, chaque jour, sur mon étal à Autun ? Du vieux mouton qu'on a fait survivre dans la forêt, du bœuf de trait qu'on a éreinté aux champs ? Non. Tout le monde veut de la viande jeune, qui n'a pas travaillé. Même le vicaire et les chanoines se plaignent que je n'en ai pas assez. Mais comment faire si mes bêtes doivent partager le peu d'herbe qu'elles ont avec tous les bourrins et les vieilles carnes du pays ! »

Chasseneuz l'écoute à peine. Caboche l'ennuie, avec ses bêtes, ses gamins qui poussent le cul des vaches la boue aux pieds. Et ces histoires d'étals et de boucherie. Qu'est-ce qu'il viendrait faire dans ce tableau-là ? Il a déjà bien assez de ses rats.

Il se tourne vers lui.

« Que veux-tu que j'y fasse ?

— Plaide pour moi. Qu'ils m'accordent une exception, ou autre chose s'ils veulent. L'autorisation de pâturer sur les terres du monastère par exemple. Moi, je veux bien l'ouvrir, mon pré, si par ailleurs j'ai de l'herbe à donner à mes bêtes. Parle-leur, ils t'écouteront, si c'est pour le bien de tous. »

Devant lui, Chasseneuz fait mine de réfléchir. Mais il n'a rien écouté. Ni les derniers mots, ni ceux d'avant. Il a déjà les siens. Et maintenant, il se met en branle, telle une mécanique habituée à occuper le silence.

« Tu crois vraiment que la scène sera belle : moi à l'évêché pour défendre ta pâture ? On m'accuse déjà de faire le jeu des rats, et il faudrait que je fasse en plus celui des écorcheurs ? Imagine ce que les gens diront : "Regardez, l'avocat et le boucher se sont donné la main pour la faillite de tous !"

« Et c'est eux que l'évêque écoutera. Car s'ils se mettent en colère, il sait que c'est la tête de son vicaire ou de l'un de ses chanoines qu'ils iront chercher pour la mettre au bout d'une pique. »

Il regarde Caboche qui s'est soudain renfrogné.

« Crois-moi, si je parle pour toi, je ne servirai ni ta cause ni la mienne. Ils ne m'aiment pas beaucoup, et toi, Caboche, ils te détestent encore plus. Ce n'est tout de même pas ma faute si les gens haïssent les bouchers.

— Ce n'est pas la mienne non plus. »

Chasseneuz se tait, pensif, devant cette évidence qu'il n'avait pas perçue. Il étudie un instant Caboche, puis fait quelques pas dans le pré. Quand il parle à nouveau, c'est du dos, comme les glaneurs, sans lever la tête.

« Et ton apprenti ?

— Les laboureurs l'ont assommé et laissé dans la forêt. Les autres l'ont trouvé ce matin. »

Chasseneuz se retourne.

« Et là, qu'est-ce qu'il fait ?

— Je n'en sais rien. Il ne veut plus sortir des bois. »

Caboche laisse passer un silence, puis il ajoute :

« C'est Hémo. Le frère de Marie. »

Chasseneuz prend l'air de ne pas comprendre. « Marie ? »

Mais, ce prénom à peine prononcé, il tourne à nouveau les talons, sans attendre la réponse.

Caboche le regarde s'échapper dans le pré devant lui. Il y a quelques années, Chasseneuz était venu le voir pour qu'il s'occupe d'un de ses moulins à bras. Le meunier était mort et l'avocat s'apprêtait à partir étudier en Italie, sans avoir le temps de régler l'affaire. Caboche n'aurait qu'à mettre un bœuf pour entraîner la meule, prendre son intérêt et envoyer le solde à Chasseneuz. « Pour le reste, fais à ton idée. » C'est tout ce que l'avocat lui avait dit, avant de disparaître pour deux ans.

À l'intérieur du moulin, Caboche avait trouvé deux orphelins que le meunier avait laissés derrière lui. Il installa la bête et en confia la garde aux deux enfants, qu'ils s'occupent d'elle et gardent un toit au-dessus de leur tête.

Marie et Hémo vécurent là sans que l'avocat s'en soucie jamais. À son retour de Pavie, il passa au moulin à l'invitation de Caboche, mais il n'entra pas. De l'extérieur, il écouta le bruit de la meule, posa quelques questions vagues sur la santé du bœuf puis s'en alla.

Et pourtant, quelques semaines plus tard, Caboche apprit qu'il avait promis son moulin à un autre meunier, comme s'il était vide. Il se présenta chez lui pour lui parler des enfants. Chasseneuz l'accueillit avec un sourire, mais bien vite il le raccompagna à sa porte : « Tu récupères ton bœuf, et moi mon moulin. C'est mieux pour tout le monde, crois-moi. »

Le boucher ne trouva rien à dire. Moins d'une semaine plus tard, Marie partait d'Autun sans un mot, lui laissant Hémo et le regret de ne pas les avoir défendus plus fermement.

Et aujourd'hui, il regarde l'avocat s'éloigner dans le pré, soucieux de mettre quelques pas entre lui et ce passé que le boucher lui ramène entre les pattes. Il marche puis se retourne, hélant Caboche à distance : « Je vais réfléchir à ce que je peux faire. Toi, habille-toi un peu mieux, et va à l'évêché. Parle-leur de ton gamin. Mais surtout, ne viens plus me voir. Tu dois rester éloigné si tu veux que j'agisse. »

Avec une autorité empressée, il ajoute : « Et ne leur parle jamais de moi. »

Puis il dévale à nouveau la pente, sous le soleil de midi, courant presque vers le chemin qui file en contrebas. À son pas, Caboche comprend combien il voudrait être loin, combien il souhaiterait que le boucher l'oublie un peu. S'il s'arrête, c'est seulement pour agiter ses chaussures et se débarrasser de cette terre qui lui colle inlassablement aux pieds.

Hémo se réveille

Quand les enfants sortent de la Penouille, plus tôt ce matin-là, Autun dort encore. Toute la nuit, ils ont attendu qu'Hémo revienne, sans vraiment fermer l'œil. Quand ils poussent enfin la porte, le vent du petit jour s'engouffre, agitant l'air moite de la Penouille et chassant les peurs de la nuit. Ils font un pas dehors, et tout autour d'eux les rassure. Le vent, le soleil surtout. Sa lumière dorée tombant sur le pré, et le vert tendre de l'herbe sur lequel se dessine l'ombre projetée des arbres comme une dentelle.

Le vieux tumulus est bien là, dans le replat, et la cathédrale embaumée au loin dans la brume bleutée. Les enfants cherchent du regard les bêtes de Caboche et les leurs, parmi toutes les autres qui ont envahi la prairie. Ils les voient, un peu plus haut dans le coteau. Ils les recomptent. Un petit groupe de trente vaches bien en chair. Elles se sont rassemblées à part, se reconnaissant entre elles, s'écartant des autres comme si elles savaient d'instinct ce qui les séparait de cette masse affamée et maigre débarquée cette nuit. Elles regardent d'un œil tranquille les enfants apparaître sur le seuil, certaines qu'ils s'en iront raccompagner les autres bêtes d'où elles sont venues.

Les enfants passent devant elles sans s'arrêter. Nadet remonte le pré, suivi par les deux frères Rigaudon, toujours occupés à s'attirer et à se repousser. Ils longent le sous-bois et les massifs d'aubépines qui pèsent contre la clôture. Ils arrivent à cette portion plus haute où la barrière a été mise au sol. Sur plusieurs mètres, les piquets et les traverses sont étendus. La terre, labourée par les sabots, a été figée par la chaleur : des vagues, des crêtes et des poinçons profonds. Toute l'énergie de cette nuit, pétrifiée devant eux. Au-delà, c'est la forêt, cette ennemie teigneuse à qui Caboche a un jour arraché ce pré et qu'il doit repousser chaque année à coups de hache, pour la maintenir derrière la barrière.

Ce matin, elle se tient sage. Devant eux, elle agite ses arbres à la ramure délicate, laisse entrevoir un peu de son soleil. Pas celui qui tombe dru sur le pré, mais celui qui rebondit de feuille en feuille, qui s'échappe et qu'on voudrait aller poursuivre dans le chaos subtil des jeunes saules, bouleaux et cytises. Et les enfants s'avancent. Ils entrent dans ce décor où tout s'entremêle, où tout s'accroche et se confond, où tout s'empoigne pour un espace libre, un seul écart de lumière.

Ils progressent dans le chaos léger des fauvettes, sous le son huileux du pouillot qui tombe en gouttes depuis quelque part là-haut. Ils avancent sans réaliser qu'ils avancent, sinon à cause du scandale excessif d'un merle qui s'envole devant eux, comme s'ils lui avaient marché sur le pied.

Partout autour d'eux les arbres s'allongent. Les noisetiers, les frênes, les chênes puis les grands hêtres. Tous vont plus haut vers le ciel tandis que le sol, encombré de ronces et de fougères, peu à peu s'éclaircit. Tout s'écarte, et la limite se durcit entre les pleins et les vides, entre le bruit et le silence. Puis au milieu vient ce cri, l'alarme d'un geai qu'il emmène se perdre loin devant eux. La profondeur s'en emplit puis se fige. Ils y sont. Autour d'eux, c'est la forêt haute. Les troncs nus comme des piliers qui tiennent écartés le ciel et la terre. Et plus un bruit. Seul le martèlement lointain d'un pic dont l'écho vient rebondir ici ou là.

Les enfants sentent qu'on les regarde silencieusement depuis la canopée. Ils lèvent les yeux, mais tout ce qui vit là-haut semble s'être statufié. Et ils cheminent dans la lumière verte et orange, découvrant les feuilles sous leurs pieds, et dessous l'humus frais d'un noir fragile.

Un peu plus loin, il y a quelque chose. Une silhouette frêle, allongée à terre. Les enfants se précipitent. Hémo repose sur le dos, la bouche ouverte, l'air content, comme s'il contemplait dans la cime des arbres un spectacle qui le ravissait. Mais ses yeux sont clos. Il dort du sommeil profond de l'homme ivre.

« Hé ! Hémo ! Qu'est-ce que tu fais là ? »

Les adolescents l'entourent. Et l'enfant, dans un demi-sommeil, ouvre les yeux : « Laissez-moi, je suis le roi, je suis le lion. »

Ils rient. Et l'un dit : « Mais non, le lion dort les yeux ouverts. »

Hémo se redresse, reprenant conscience peu à peu. Le grand Rigaudon lui parle fort : « Tu rêves. On t'a vu ronfler les yeux clos, comme un goret. »

Tous rigolent.

« Où étais-tu depuis hier ?

— Ici. »

Et il s'assoit, laissant sous lui la marque des feuilles comprimées. Sa chemise sur le flanc est toute raide. Dessus, des reflets irisés, comme des marques d'escargot. Il touche sa tête : « Je crois que j'ai pris un coup. »

Devant lui, le petit Rigaudon s'excite.

« C'est les laboureurs ! C'est eux qui ont cassé la barrière et poussé leurs bêtes dans le pré, cette nuit. Ils t'ont amené jusqu'ici ? »

Hémo hausse les épaules. Il touche à nouveau sa tête.

Le petit Rigaudon s'avance : « Tu saignes ? Montre ! »

Mais Hémo le repousse d'une main et le petit Rigaudon s'arrête. Il a vu l'éclair sur le visage d'Hémo quand il s'est avancé. Quelque chose de plus que la défiance, évaporé en un instant.

Hémo les regarde, tous. Les deux frères et Nadet resté en arrière. Il baisse la tête à nouveau : « C'est elle. C'est elle qui m'a sauvé. Elle m'a ranimé et elle m'a soigné. »

Les Rigaudon s'agitent encore.

« Qui ?

— L'ourse. C'est une mère. Elle m'a léché, comme l'un de ses enfants. J'ai senti mon cœur battre à nouveau, et mes forces revenir. »

Il touche les feuilles entre ses jambes : « Elle m'a ramené à la vie. »

En face, les deux frères éclatent de rire : « Hémo, tu es fou ! Tu rêves éveillé et tu penses qu'on va te croire ! »

Hémo se vexe : « C'est l'ourse, je vous dis. » Et le petit Rigaudon rigole de plus belle.

De son côté, Nadet ne parle pas. Il regarde Hémo, ses bras recouverts de feuilles décomposées et ses cheveux hirsutes, mélangés à la terre. Et sur ses joues, de l'humus, comme une barbe naissante avec, pardessous, la mâchoire contractée. Il le voit se reculer devant les deux frères, imperceptiblement, prêt à se défendre.

Mais le petit Rigaudon s'est tourné vers le grand. « Qu'est-ce qu'on fait ? On prévient Caboche ? »

Cette fois, c'est Hémo, inquiet, qui s'intercale entre eux : « Qu'est-ce que vous voulez lui dire ?

— Il faut bien qu'on lui raconte. Il faut que tu viennes à Autun avec nous. Il voudra savoir ce qui s'est passé, pour la barrière et pour cette nuit. »

Mais Hémo s'est assis par terre : « Allez-y si vous voulez. Moi je ne viens pas. » Il croise ses bras : « Je n'ai rien à dire. »

Nadet voit soudain revenir celui qu'il connaît. Le petit Hémo boudeur, les sourcils tombants et l'air vexé. Il va au-devant des Rigaudon désemparés : « Allez-y. Je reste avec lui. »

Les deux frères hésitent un instant, puis le grand Rigaudon finit par lâcher : « Comme vous voulez. » Et ils s'en vont en courant vers la Penouille et la ville qui s'éveille à peine prévenir Caboche.

Nadet s'assoit à côté d'Hémo. Ensemble, ils suivent des yeux les deux silhouettes qui s'éloignent parmi les arbres, rapetissent au loin puis plongent dans cet ourlet de lumière, là où finit la forêt haute et où commence le sous-bois. Quand ils ont tout à fait disparu, Nadet se lève. Il fait quelques pas en avant, puis se retourne vers Hémo : « On y va ? »

Hémo se lève à son tour, et le dépasse, sans lui prêter attention. Nadet le regarde faire, puis le suit à quelques pas de distance, jusqu'au sous-bois. Devant lui, Hémo fraye parmi les arbustes et les branches basses, sans prendre la peine d'en éviter aucune. Sur ces bras, ni éraflures ni griffures. Juste la peau brunie, presque tannée, sous quelques poils noirs.

Arrivé presque à la barrière, il s'assoit à quelques mètres du pré. D'une main, il balaye le tapis de feuilles devant lui, trace des lignes au sol. Nadet l'interpelle : « Il faudra bien que tu rentres. Tu ne pourras pas toujours rester là.

— Si. Il faut bien que je reste.

— Pourquoi ?

— Pour être là, quand Marie reviendra. »

Nadet sursaute :

« Mais ta sœur est partie depuis deux ans ! »

Hémo hausse les épaules d'un air d'évidence.

« Non, c'est juste qu'on ne la voit pas. Elle se cache, à cause du cerf aux bois d'or. Il la traque, depuis toujours. C'est lui qui l'empêche de se montrer. »

Et il ajoute, sans regarder Nadet : « Mais dans la forêt, il ne peut rien contre elle. L'ourse nous protège maintenant. Grâce à elle, on pourra vivre ensemble, Marie et moi, comme avant. Alors je dois rester là, pour quand elle reviendra. »

Nadet observe Hémo, sa manière de parler en grattant le sol devant lui, et ses mots étranges, débités presque indifféremment. Il a toujours été bizarre mais, ce matin, on croirait qu'il est devenu fou. Soudain, Nadet a peur de rester là, seul avec lui. Alors il se lève, dit qu'il va à la Penouille, voir si les Rigaudon sont revenus. Il sait que c'est faux. Si c'était le cas, il les aurait vus : la maison est sous leur nez, juste un peu plus bas. Hémo ne réagit pas et Nadet s'éloigne.

Là-bas, il traîne autant qu'il peut. Il fait plusieurs fois le tour des bêtes et arpente le pré, faisant mine de s'occuper. Il entre et sort de la masure. Et chaque fois, il jette un coup d'œil sur le coin du bois où doit l'attendre encore son ami, espérant sans se le dire qu'il ne soit plus là à son retour. Mais en revenant, il le trouve à la même place. Il s'assoit, à quelques pas, et le temps s'écoule entre eux, sans qu'aucun ne parle plus.

Vers midi, une silhouette apparaît dans le pré. C'est Caboche qui remonte de la ville. Il s'approche du pan de barrière arraché. Ils le voient appuyer son pied sur le bois à demi brisé. Ils savent que lui ne les voit pas. Ils sont trop loin, avalés par l'ombre du sous-bois.

Nadet chuchote.

« On y va ?

— Non, on reste ici. »

Hémo a secoué la tête et pourtant il trépigne. À la vue de Caboche, il s'est réveillé d'un coup. Il a bondi sur ses jambes puis s'est mis à courir partout. Et Nadet court aussi, sans savoir pourquoi. Peut-être parce qu'il a cru entendre Hémo rire et que, soudain, c'est comme si son ami était revenu. Il le poursuit, aimanté par ce dos qui ne semble s'échapper que pour être rattrapé. Il écarte les bras pour augmenter son envergure et il gronde : « Attention ! Je suis Caboche ! Si je t'attrape, je te rouste. »

Mais Hémo bondit sur le côté et se glisse derrière lui.

« Ah non, c'est moi qui rouste ! »

Et il lui colle une claque sur la tête.

Nadet s'arrête et se retourne, surpris. Pas par la claque, mais par la force qu'il y a mise. Il lève la main à son tour et serre le poing. Hémo le saisit au vol, avant qu'il ne parte. Comme ça, sans violence. Il le retient au poignet, puis s'en désintéresse presque immédiatement. Quelque chose a capté son regard, loin derrière Nadet. Celui-ci demande :

« Qu'est-ce qu'il y a ? »

Hémo semble tout entier absorbé par ce qu'il vient de remarquer au loin. Sans s'en rendre compte, il sert un peu plus son étreinte, et il tend le menton.

« Lui. »

Nadet se retourne et aperçoit, remontant du bas du pré, la silhouette de Chasseneuz qui s'avance lentement vers Caboche, en bel habit. Les deux hommes discutent. Hémo s'anime.

« Il est revenu ! C'est lui que j'ai vu rôder à l'orée du bois, jusqu'au petit matin.

— Le type avec Caboche ? »

Hémo bondit devant lui, dressant ses index au-dessus de sa tête.

« Oui. Il ne peut pas entrer dans la forêt, à cause de l'ourse, alors il tourne toute la nuit. Et dans le noir, on ne voit que ses bois, comme deux feux qui dansent. C'est lui le cerf aux cornes d'or ! »

L'agneau

Ils se sont mis à deux pour le tenir : le petit Rigaudon lui entoure le cou et l'autre, l'arrière du corps. Ils lui ont entravé les pattes, reliant par une corde le jarret avant au sabot arrière.

Caboche n'aurait jamais accepté pour la corde. Pas pour un agneau en tout cas. Mais il n'est pas là ce matin, et Ari a dit oui. Ça le rassure, lui aussi, que l'agneau ne rue pas.

Pourtant, même attaché, l'animal bouge encore. Surtout la tête, puisqu'on lui tient le reste. Alors les gamins demandent et Ari lui passe le masque en cuir, celui qu'on garde habituellement pour les bovins.

Cette fois-ci, l'agneau ne bouge plus, la tête flottant dans le morceau de cuir trop grand. La jugulaire balance de gauche à droite, mais ça lui couvre tout de même les yeux. Il se tient calme, entre les deux Rigaudon accroupis autour de lui, l'un agrippé au cou et l'autre à la selle, les doigts pris dans sa toison blanche.

Ari est allé au fond de l'atelier chercher la hache. En revenant, il demande aux deux frères de se pousser. Ils hésitent, puis s'écartent. Et l'agneau reste en équilibre instable, tenant sur trois pattes à cause de la corde qui l'empêche d'en poser une au sol.

Ari a levé la hache. Il la tient en l'air, lame retournée. C'est comme ça qu'on lui a appris. Ne jamais présenter le tranchant d'abord, toujours l'autre côté. Puis la laisser tomber, sans forcer, que le revers vienne taper à la base de la tête. C'est suffisant pour assommer.

Aujourd'hui pourtant, Ari appuie un peu. Caboche n'est pas là et il a peur que ça ne soit pas assez, ce qu'on fait d'habitude. Il a peur que cet agneau-là reste debout sous sa hache. Alors il tape plus fort, et un peu à côté.

L'agneau est tombé. Ils le regardent, à terre, la tête bizarrement tordue. Est-ce que c'est ça, la position qu'il devrait avoir ? Le grand Rigaudon demande : « On dirait qu'il est mort, non ? »

Sa voix vacille un peu. Ari ordonne : « Enlevez-lui le masque. »

Les deux frères s'avancent vers l'agneau puis s'arrêtent très vite, sans oser s'approcher plus. Il n'y a pas de sang. Juste la tête, étrangement mise. Ils pensent : et si, sous le masque, ses yeux étaient encore ouverts ? Qu'il soit vivant, et qu'il puisse les voir, c'est ça soudain qui leur fait peur.

Le grand Rigaudon se tourne vers Ari.

« Tu ne lui coupes pas la gorge, avant ? Pour être sûr.

— Sûr de quoi ? Il est mort. »

La voix d'Ari ne les rassure pas. Il doute lui aussi et c'est pour ça qu'il leur commande d'y aller.

Au fond de l'échaudoir, la porte s'est ouverte. Caboche est entré, d'un coup. Et il les a vus, figés autour de l'agneau. Il crie : « Ne le laissez pas par terre ! » Puis il se tourne vers Ari, furieux : « Pourquoi le masque ? »

Ils le regardent, mutiques, surpris de le voir, troublés par son accoutrement aussi. Il a sur le dos une veste étrange, d'une étoffe claire et brodée de fil rouge, aux manches plissées qui s'évasent et lui cachent presque entièrement les mains. Sa carrure semble étouffée par l'habit ajusté. Ça lui donne un air différent, plus chétif.

Mais Caboche a déjà jeté sa veste sur le dossier d'une chaise, les manches plissées pendant jusqu'au sol. Et dans l'air moite de l'échaudoir, il agite son petit monde. Il envoie Ari soulever l'agneau pendant que le petit Rigaudon court vers le fond de la pièce. Là, l'enfant se penche contre le billot, dos aux autres. Il tend ses deux mains en l'air, par-dessus ses épaules, paumes tournées vers le ciel. Et il attend comme ça.

Derrière lui, il entend la voix de Caboche qui commande à Ari de lever l'agneau. Et bientôt, il reconnaît le contact des pattes arrière qu'on dépose dans chacune de ses mains. Il serre ses doigts autour, sent l'os anguleux et le tendon mobile à l'intérieur. Il se penche un peu plus, et tout l'agneau vient s'étaler contre lui, tête en bas. Sa masse plus dense le comprime et sa chaleur l'envahit, traversant l'habit entre eux.

Derrière lui, Caboche a retiré le masque de cuir et sectionné les deux veines, carotide et jugulaire. Comme ça, d'un seul geste. Le sang ruisselle en filet le long des oreilles puis du museau. À l'aplomb de l'animal, une petite mare s'est formée. Elle s'étend imperceptiblement, comme si le sang ne tombait pas du haut mais que la flaque se gonflait d'entre les pavés.

Le petit Rigaudon n'a pas bougé. Chaque geste qui agite l'agneau se propage en lui, comme en écho. Il sent dans son dos les mains qui étudient le corps et le couteau qui entre dans la chair, s'arrêtant quelque part dans l'épaisseur entre eux. Il suit le trajet lent de la lame qui passe entre deux tissus et le craquement croustillant des aponévroses qui lâchent. Il la sent buter contre les parties dures et travailler autour de la colonne, fouillant entre deux vertèbres jusqu'à trouver l'interstice minuscule qui lui permettra de passer. Puis elle repart, par petits coups secs, et le corps se déleste peu à peu du poids de sa peau.

Le petit Rigaudon entend la voix de Caboche qui appelle Ari. Ça y est, on lui enlève l'animal. À la place, c'est un grand vide imprégné de froid qui saisit son dos et son habit mouillé de sueur. Le petit Rigaudon se retourne. Ce n'est plus l'agneau qu'Ari dépose devant lui sur le billot, mais un corps nouveau, entièrement rose, les muscles bien dessinés et la matière blanche en filet qui souligne le galbe des membres.

Caboche a tendu le couteau vers Ari pour que l'apprenti travaille à son tour. Et Ari se met lui aussi à sectionner, précisément. Il change de lame et travaille maintenant à la feuille, autour des plus grands os. Le regard de Caboche le suit partout, il le précède même, l'attendant à chaque passage difficile. Il le reprend de sa voix régulière, mécontente : « Attention, tu perds de la chair. » Et devant un jarret qui se détache, il dit encore : « Ne force pas. »

Il s'exaspère d'être retenu ici, de devoir rester avec eux, parce que aujourd'hui Ari ne fait attention à rien. Il s'agace, le regarde qui s'apprête à glisser la lame entre deux os, pour couper les ligaments. Et avant même qu'il y soit, que le métal touche la jointure, il crie par deux fois : « Sans forcer, sans forcer », si bien qu'à la fin l'apprenti n'ose plus appuyer du tout. Et la lame, seulement posée sur la chair, ne rentre pas.

Caboche lui prend le couteau des mains et reprend le travail, maugréant dans sa barbe : « Crois-moi, tu es encore loin du chef-d'œuvre. »

Les frères Rigaudon ricanent derrière leurs paumes. Mais, l'instant d'après, ils n'y pensent plus. Ils regardent les mains de Caboche qui travaillent, son couteau qui passe partout égal, assuré, et ne dit rien de sa contrariété.

Les deux gamins se sont accoudés au billot et scrutent cette mécanique tranquille qui entoure de nouveau l'agneau, l'emmenant doucement d'un état vers l'autre, pour le faire réapparaître un peu plus loin, rangé en côtes, épaules et collier. Et la vue de ces morceaux proprement disposés les rend heureux, comme si, sous leurs yeux, le corps retrouvait enfin son bon ordre.

Le visage de Caboche, lui, est resté fermé. Il regarde ses mains qui travaillent toutes seules, tournant en expertes autour des quartiers, sans jamais s'arrêter. Il les voit plonger dans la chair et le sang, condamnées à faire ce que les autres ne font pas. Ou mal.

Sa viande, ils en veulent bien. Depuis la peste, ils en voudraient toujours plus. Qu'elle les protège de la faiblesse et de la mort. Mais ses mains, personne ne veut les toucher, pour rien au monde. Même Marie. Elle lui avait fait promettre de prendre Hémo avec lui, de lui apprendre le métier. Elle l'avait supplié même. Et le lendemain, elle était partie. Comme si elle pensait qu'il n'était bon qu'à ça, égorger et découper.

Caboche regarde ses mains maculées de sang. Et il jette le couteau vers Ari avec agacement : « Tu termineras le dégraissage. » D'un geste, il saisit un linge, nettoie ses doigts un à un, puis attrape sa veste et quitte l'échaudoir.

Les enfants le regardent partir, étonnés. Le grand Rigaudon demande à Ari : « Tu sais où il va ? » Mais Ari, encore vexé, ne décroche pas un mot. C'est le petit Rigaudon qui répond à sa place : « Il va dans la ville haute, défendre sa clôture. »

La tache

Depuis un mois, les chanoines Gallardet et Monot ne se quittent plus. Chaque jour ou presque, on les voit flâner ensemble dans les jardins de la cathédrale, discutant l'air autorisé des affaires de l'évêché.

Monot vient d'être prébendé, ce qui, au chapitre, n'a étonné personne. Vu son ancienneté, c'était presque un dû. À l'inverse, la prébende de Gallardet a surpris tout le monde. Personne n'eût pensé qu'il l'obtiendrait si tôt. Mais le vieux Sorbier était mort en début d'année et l'évêque lui avait offert sa place, prenant le chapitre de court et Gallardet lui-même.

Et cet après-midi encore, les deux chanoines échangent leurs inquiétudes et leur mine tracassière.

« L'évêque a cru que le procès calmerait la campagne, mais ce Chasseneuz est en train de la chauffer à blanc. À cause de lui, la colère gronde partout. »

Gallardet opine, l'air grave : « En plus, l'évêque ne sait rien du report qu'il vient d'obtenir du tribunal. Il faudra pourtant bien que quelqu'un le lui annonce ! » Et, soudain, c'est Monot qui paraît inquiet, comme face à une perspective bien déplaisante.

« Mais de quoi parlez-vous ? » Le grand vicaire a surgi entre eux, tel un diable sortant de sa boîte. Lui, déjà vieux là où ils sont juste mûrs, bedonnant là où ils ne sont qu'un peu replets. Devant lui, ils s'éteignent aussitôt.

« Vous vous plaignez des problèmes ! Mais que serions-nous, à administrer un diocèse sans problèmes ? Regardez donc ce que la peste a fait de ce pays. Elle a vidé les paroisses à moitié, et laissé l'autre moitié dans la peur de Dieu. Il n'y a plus sur terre que des ombres, trop occupées à survivre pour trouver la force de se quereller. De quoi rendre votre chapitre inutile, et mon habit de grand vicaire aussi.

« Et pourtant, quand il se passe quelque chose, vous trouvez moyen de vous plaindre. Mais que croyez-vous ? Qu'on a bâti cette église pour y faire vivre des hommes gras, sans but et sans occupation ? Regardez notre cathédrale, pleine de chanoines qui n'aspirent qu'à la prébende. Et quand ils l'obtiennent enfin, ils se trouvent trop importants pour qu'on leur demande rien à faire. »

Emporté par ses mots, le grand vicaire avance toujours plus vite, tandis que les deux chanoines pressent le pas, l'air contrit.

« Ne croyez pas que c'est moi qui le dis. C'est la rue ! Et l'évêque entend tout. Même depuis Dijon, il l'entend, je vous l'assure. Alors vous devriez y penser, à toujours être entourés de quelques problèmes, à ne pas être nus quand il vous demandera ce qui vous occupe. Et réjouissez-vous plutôt que ce Chasseneuz nous fournisse quelques raisons de lui apparaître utiles. »

Le grand vicaire s'écarte définitivement et les deux hommes l'observent s'éloigner un moment. Quand ils le voient suffisamment loin, ils s'insurgent.

« Ah, c'est bien le gros Repho qui parle ! Vingt ans à courir la prébende, et le voilà maintenant qui nous fait la leçon. Vingt ans à faire l'apologie du chapitre, et maintenant qu'il en est sorti il ne rate pas une occasion de le trouver inutile.

— Il s'est trouvé un bon évêque paresseux qui passe tout son temps à Dijon. Mais ça ne lui suffit pas. Maintenant il lui faudrait en plus un chapitre à sa botte ! »

Le vicaire a bifurqué devant l'évêché. Il s'engage maintenant sur le chemin pavé qui tourne autour de la bâtisse en pierre. Lui aussi s'emporte, mais contre les chanoines, ces fils d'Autunois pédants qu'on a habitués à regarder vers le haut. Lui n'a appris que de la terre. Ils veulent sa place et son pouvoir, mais quand ils l'auront enfin, qu'en feront-ils ? Ils s'empresseront de le confier à un autre, comme a fait l'évêque un jour avec lui. Ils se trouveront un fils de hobereau de village, pas assez bien né pour prétendre trôner à leur place mais assez campagnard pour savoir exercer en leur nom. Le jour venu, ils se détourneront de ce pouvoir tant convoité car il oblige à regarder vers le bas. Et aucun d'eux ne veut savoir ce qui se passe en bas.

Le vicaire longe le bord du rempart romain, jusqu'aux jardins arrière. Il s'approche d'une terrasse qui surplombe les derniers faubourgs et la vallée. Et il s'arrête enfin.

Là, sur le parapet qui borde la terrasse, un jeune chanoine est assis. Il est venu pour fuir l'air chaud de l'après-midi. Et le vicaire, sans un mot, s'assoit à côté de lui. Ensemble, ils goûtent cette brise légère qui remonte par salves de la campagne à leurs pieds, ce vent qui a survolé les champs et arrive chargé d'une odeur d'herbe grillée.

Tout le sud du pays autunois s'étale devant eux. La forêt, la colline, les chaumières du hameau de Couhard et les champs partout. Plus près d'eux, les premiers toits en bois de la ville basse, les murs plus sombres et les rues qui écartent les maisons entre elles.

Au milieu, il y a cette silhouette qui grimpe, Caboche, en bel habit, qui sue. Le vicaire le remarque et se penche : « Tiens, voilà le boucher qui s'est habillé pour venir nous parler. Il vient sûrement se plaindre de la vaine pâture. »

Le jeune chanoine se penche aussi pour regarder Caboche qui remonte avec difficulté la rue serpentant jusque sous leurs pieds. Et le vicaire ajoute, sans le lâcher des yeux : « Laissons-le venir. Et quand il sera en haut, tu iras lui dire que je ne peux pas le recevoir. »

Le jeune chanoine hésite un moment, et il demande : « Dois-je lui donner une raison ? »

Le vicaire sourit : « Des raisons, il y en a bien assez, non ? » Le chanoine sourit en retour, même si, en fait, il ne sait pas de quoi il parle. Le vieil homme s'est tourné vers lui : « Partout, les rats pillent les champs et les cultivateurs deviennent fous. Le pays est aux portes de la famine et, pendant ce temps, le boucher intrigue pour toujours plus de bêtes, de prairies et de bras. Et moi, il faudrait que je le reçoive, que je l'exonère de la vaine pâture, que j'enlève à tous ces gens qui meurent de faim le seul droit qui leur reste ! C'est beaucoup me demander, tu ne crois pas ? »

Le chanoine opine timidement tandis que le vicaire observe toujours Caboche qui s'est rapproché et peut presque les voir maintenant. Il se rejette en arrière, espérant que le parapet le cache à sa vue, et presse le jeune homme : « Le voilà qui arrive. Vas-y. »

Le chanoine se lève, descend précipitamment l'escalier, puis disparaît au coin du mur. Arrivé en bas, il s'interpose entre Caboche et l'évêché, comme si l'avenir en dépendait. Il l'interpelle avec brusquerie. « Que voulez-vous ? » Et Caboche, un peu surpris par ce chanoine débouchant de nulle part, recule :

« Je viens voir le grand vicaire.

— Il ne peut pas vous recevoir.

— On m'enlève mes barrières, on les a abattues cette nuit encore. »

Caboche hésite, puis il ajoute : « L'un de mes apprentis a disparu. »

L'autre sursaute, à cause de l'apprenti. Ce n'était pas prévu. Là-haut, le grand vicaire, qui a tout entendu, frémit aussi. Mais Caboche, trop empressé, noie la disparition de l'enfant au milieu de trop de mots. Il parle de ses prés envahis par les autres bêtes, de ses baux à bétail qu'il ne pourra pas honorer. De la vaine pâture aussi.

Et à ce mot, le jeune chanoine se remet en branle, comme une mécanique qui retrouve son sens. Il égrène l'une après l'autre les raisons que le vicaire lui a dites, recherchant le bon ordre et les restituant comme il peut. Puis, n'ayant rien de neuf à dire, il finit par se taire, et ses yeux, cherchant un refuge, glissent lentement sur l'habit du boucher, des épaules jusqu'aux coudes.

Caboche commence à contester mais il s'arrête. Il a vu le regard de l'autre descendre le long de sa veste et rebondir vers lui, chargé d'embarras. À son tour, il baisse les yeux, et la voit, occupant tout le bout de sa manche, brillant comme un feu sur l'étoffe claire. La tache de sang, qui s'étale au soleil.

Il repense à l'échaudoir, à l'habit jeté sur la chaise et au sang de l'agneau par terre. De sa main, il tente de cacher la tache et revient au jeune chanoine. Mais devant le visage mortifié de l'autre, tous ses mots s'envolent.

Caboche, furieux, jure en lui-même, sans bien savoir à qui ses mots s'adressent. Et il tourne les talons.

D'en haut, le grand vicaire regarde le boucher disparaître, la main toujours sur sa manche, et le jeune chanoine décamper dans son dos, tout heureux. Le vieil homme sourit : « À quoi nous servirait un boucher s'il n'est pas en colère ? » Puis il se lève en direction des jardins de l'évêché.

Caboche parcourt quelques rues puis débouche sur le champ de foire. Il atterrit là, au milieu du premier jour de la Saint-Ladre, et sa silhouette se dissout parmi les autres, avalée d'un coup par l'énergie brouillonne des débuts de la fête.

Il y a des forains, des marchands et des badauds, des gens et des bêtes qui se croisent là après avoir traversé tout le pays ou seulement quelques rues. À cause de la peste, tout ce monde se regarde, cherchant des yeux celui qui est revenu et celui qui n'est plus là. Ils entrent et quittent la place par grappes, mais le champ de foire ne se vide jamais, comme si tout ce qui en sortait revenait l'alimenter par l'autre bout.

Dans ce ballet, on ne s'écarte pour personne, si ce n'est pour les bêtes, ces bœufs qui viennent à pied, derrière leur éleveur. Devant eux, tous font un pas en arrière, les forains, les marchands, les bourgeois. Qu'ils aient faim ou non, qu'importe. Ils s'écartent respectueusement. Car c'est la vie qui marche en troupeau devant eux. Toute cette force rayonnante qui semble pouvoir éloigner la faiblesse et refermer cette porte par laquelle entrent la maladie et la mort.

Quand, soudain, le boucher débarque au milieu de ce tableau-là, tous les yeux sont sur lui. Ils l'observent dériver parmi les bœufs, l'air perdu, et le bras enfoui dans un pli de son manteau.

On se donne des coups de coude, on tend le doigt vers lui. La main qu'il cache, c'est la droite, celle qui tient le couteau. Et il la retient contre lui, comme s'il devait la défendre contre un élan irrépressible.

Cette main, elle les obsède autant qu'ils la haïssent. Mais le boucher s'éloigne, et ils le suivent des yeux comme s'il emportait avec lui la clé de toutes leurs soifs. Ils le voient s'engager dans la rue de l'étuve, passer sous sa lanterne. Ils se disent en eux-mêmes : « Caboche, garde-toi qu'un jour un de tes bœufs ne t'embroche. » Puis ils se retournent vers autre chose, vers ce qui peut emporter leur esprit et leur curiosité ailleurs. Vers le montreur d'ours, qui revient justement de la forêt.

Ils l'écoutent s'inquiéter de son ours qui a disparu, prétendre que l'animal ne peut rien, seul dans la forêt, car il n'a jamais vécu autrement que sur les foires et dans les villages. Ils l'écoutent parler de lui comme d'un homme, comme si c'était son enfant qu'il avait égaré dans les bois.

Et pourtant, ils se souviennent de ce jour où les chiens l'ont attaqué et où il a été acculé au milieu d'eux, sans nulle part où fuir. Ils repensent à cette terreur qui l'a remis d'un coup sur ses quatre pattes, à cette peur qui lui a ouvert la gueule et lui a retroussé les lèvres autour des dents. Ce jour-là, ils ont vu le visage véritable de l'ours, cette face ignoble, ces traits tordus, faits pour la colère et la cruauté. Ils ont vu tout ce que la peur pouvait faire apparaître de vrai en lui. Alors, même si le montreur s'inquiète pour lui, ils savent au fond d'eux qu'il est parti de lui-même. Il est allé dans la forêt tantôt sur deux pattes, tantôt sur quatre pour y rejoindre sa vraie nature et promener là-bas sa figure bestiale.

Et, sur la place, tandis qu'ils songent à l'ours, ils oublient le boucher qui s'est pourtant arrêté, juste un peu plus loin, butant sur une jeune fille agenouillée au coin d'un mur, les mains dans un seau.

La Saint-Ladre

On ne les voit pas encore mais on les sent qui arrivent. Le son approche, celui des tambours et du fifre. Et ce bruit suffit à faire sortir d'autres gens, comme s'il les aspirait depuis le fond des maisons. Ils viennent s'agglutiner au pied des façades, former une troupe qui trépigne en attendant que la procession arrive enfin.

Elle est parmi eux, Annelle, la fille du seau. Annelle, la petite voisine, partie d'Autun il y a des années, et réapparue tout à l'heure devant Caboche, comme par enchantement.

En le voyant approcher, elle l'a reconnu tout de suite. Elle a sorti ses mains de l'eau, elle s'est levée, pour qu'il puisse mieux la voir, qu'il puisse s'étonner de ce qu'elle est devenue, après tout ce temps. Mais lui n'a pas compris qui était cette jeune femme qui se redressait devant lui, si loin de la fillette qu'il voyait courir dans le voisinage.

Annelle avait fui Autun comme tant d'autres, une poussière au milieu d'une nuée de sans-nom que la peste avait levée puis dispersée sur tout le pays. Elle avait battu la campagne pour un beau jour atterrir dans une grosse ferme.

On l'avait prise comme blanchisseuse, mais on aurait pu la mettre à n'importe quelle place. Jamais elle ne quittait le sillage des autres, faisant tout comme elles. Quand l'éleveur entrait dans la cuisine, elle s'éparpillait comme les autres filles, puis fuyait devant sa femme qui arrivait sur ses talons. Cachée dans un coin, elle regardait la fermière saisir l'une d'elles, l'écrasant de sa grosse voix pendant que son mari disparaissait par l'autre porte. Annelle soufflait, mais dans le fond elle n'avait jamais eu tellement peur. Ce n'était jamais elle qu'on attrapait. Elle avait toujours été la plus petite, une souris presque invisible.

Le soir venu, quand les grandes discutaient, elle se glissait entre elles, et se laissait caresser la tête, les écoutant parler de la foire d'Autun. Toutes s'inquiétaient de savoir laquelle l'éleveur allait emmener avec lui cette année, s'interrogeant sur ce que cela signifiait, d'être encore ici, à leur âge, à ce service-là. Pendant ce temps, Annelle, bien au chaud, rêvait d'Autun comme d'un pays perdu où l'attendait certainement quelque chose à elle, quelque chose qu'elle avait oublié mais qu'elle reconnaîtrait au premier coup d'œil.

Maintenant, elle y est. Elle est revenue. Elle fait corps avec la foule, penchée comme elle pour guetter l'arrivée de la procession. Et il apparaît enfin, là-bas, au coin d'une rue. Le bœuf, ses flancs peints en rouge, une branche de laurier passée en travers des oreilles. Sur son dos, il y a l'enfant-roi qu'on voit se lever et se rasseoir.

Il porte une tête de taureau, un masque de papier et de bois. Et un ruban bleu en sautoir. D'une main, il agite son sceptre et de l'autre tient une épée tandis que, devant lui, deux garçons tiennent le bœuf par les cornes. Et derrière, ils sont tous là, ceux qu'on appelle les fils de Caboche, même si certains ont quinze ans de moins que lui, à peine. Ils sont vêtus de casaques rouges, coiffés de turbans ou de toques rouges bordées de blanc.

Aussitôt, le cortège attire vers lui les plus jeunes qui courent le rejoindre et restent à danser dans son sillage, dans une traîne pleine de vie et de remous. Les plus vieux attendent au bord de la route que la procession s'approche. Au passage du bœuf, ils tendent leurs bras maigres pour retenir sur leurs doigts un peu de ce rouge dont on lui a recouvert les flancs. Et leurs mains calleuses laissent de longues traces sur la peinture écarlate.

D'un peu plus loin, Caboche contemple la foule, ces gens qui le haïssent et qui pourtant se pressent autour de son bœuf. Ils ploient vers lui comme vers une relique, et rient en regardant leurs mains rouges de peinture. Ils les agitent et se les montrent comme s'ils venaient de voler une bénédiction à la vie elle-même.

Le convoi progresse lentement. Il passe devant les maisons des magistrats, devant celles des bourgeois ou d'autres de plus basse condition. Et il draine indifféremment tout ce que la ville compte d'adolescents, venant se mêler aux autres, le visage barbouillé de farine ou de charbon. Même parmi les filles qu'on fait sortir par l'arrière des maisons, de peur qu'on vienne les chercher, il y en a qui s'échappent et plongent malgré tout dans le cortège. D'autres silhouettes viennent bientôt les poursuivre, parents, oncles et tantes, décidés à extraire leur corps de la foule. Et on les retrouve sur le côté, se fâchant, comme s'ils avaient décidé qu'il ne fallait pas que la fête consume cette matière-là.

Mais le cortège ne s'en soucie pas. Il se secoue, comme un brasier, avec largement de quoi brûler. Au milieu, Annelle danse, saute parmi les bras qui se lèvent. On voit sa tête qui parfois émerge au-dessus des autres.

Elle a grandi, depuis trois ans qu'elle est partie. Elle n'est plus la petite Annelle.

Un jour, dans la cuisine de la ferme, c'est elle que la femme a attrapée. Au fil des mois, toutes les grandes étaient parties. Annelle était restée. Et tandis qu'autour d'elle les filles rajeunissaient, sa tête ressortait, de plus en plus. Elle est apparue sous la lumière, encombrée de ce nouveau corps qu'elle aurait voulu ne jamais voir changer.

La femme l'a simplement tenue, d'un air étonné, comme si elle était surprise de voir sa main la choisir. Elle l'a bien observée, pendant un long moment, semblant lire quelque chose d'écrit sur son corps. Tout le monde se taisait, et la femme riait de voir Annelle trembler comme une feuille entre ses doigts. Puis elle l'a laissée filer.

Après, elle ne l'a plus embêtée. Elle se contentait de la suivre d'un œil appréciateur, comme si elle savait tout d'avance. Et ce matin où, finalement, Annelle partit à Autun avec l'éleveur, elle la regarda s'éloigner, satisfaite, certaine qu'elle irait la cueillir à son retour, pour lui faire payer tout cela.

Sur la route, l'éleveur n'avait rien dit. Il s'était à peine tourné vers Annelle, faisant mine de s'occuper du troupeau et de la route à suivre. Mais les rires des vachers étaient pour elle, désormais.

Caboche la regarde aussi, cette silhouette qui tourne au loin et sur laquelle il a buté tout à l'heure, au coin de l'étuve. Si loin de la gamine d'autrefois. Et si semblable à une autre, qu'il avait vue partir au même âge. Un instant, il a cru que c'était Marie, agenouillée là, au coin de cette rue, comme si le temps avait fait un pas en arrière.

Il s'est figé. Et ça a fait rire Annelle. Il l'entend encore à son oreille, aussi claire que tout à l'heure, quand elle s'est levée pour lui dire : « Alors, c'est vrai. Toi non plus, Caboche, tu ne me reconnais pas ? »

Pour toute réponse, il a seulement haussé les épaules. Et elle s'est approchée, comme si elle avait trouvé par terre le bout d'un fil qui la ramenait vers lui. Elle s'est avancée tout près, jusqu'à son habit et cette manche tachée que le jeune chanoine avait regardée avant elle. Elle a posé sa main dessus : « Ça ne se lave pas ? »

Caboche a voulu reprendre son bras, mais elle l'a retenu.

« Tu penses que ça me fait peur ? »

Elle a mis un doigt sur la tache, et fait le tour du sang, l'air songeur.

« Ça ne me dérange pas, tu sais. Le sang ne me dérange pas, si c'est contre une promesse. »

Et elle a ajouté en riant : « Tu n'as qu'à me garder avec toi puisque maintenant je suis là. »

Elle a ri encore plus, certainement pour la gêne que ça lui avait fait d'avoir dit ça. Lui a cru qu'elle se moquait. Il a voulu retirer son bras mais elle l'a gardé pour elle.

« Allez. Donne-moi ta veste. »

Elle a dit ça avec le sérieux qu'on se donne à quinze ans, pour les choses qu'on connaît. Il l'a laissée faire. Elle a pris sa veste, l'a passée sur elle, comme une cape. Elle a mis ses mains sur sa taille et considéré les manches, bien trop grandes, qui retombaient de chaque côté.

Elle souriait. Tout à l'heure, il ne l'avait pas reconnue, elle l'avait lu sur son visage. Mais c'est elle qui portait sa veste sur son dos à présent, elle qu'il regardait. Et il ne la lâchait plus des yeux.

Sans savoir pourquoi, elle s'est mise à tourner sur elle-même. Les manches se sont gonflées d'air, lui faisant de longs bras. Quand elle s'est arrêtée, la tête lui tournoyait encore. Puis elle s'est agenouillée, à nouveau sérieuse. Elle a fait pendre la manche dans le seau. À l'intérieur, elle a glissé une main, et attrapé une brosse de l'autre.

« Tu m'as peut-être oubliée, Caboche, mais regarde : c'est bien moi qui ai les mains dans l'eau. C'est moi qui lave ta veste aujourd'hui. »

Et, tout en frottant, elle lui a raconté son départ d'Autun, il y a trois ans, l'éleveur qui l'avait prise à son service. Elle lui a montré l'étuve derrière elle, avec son maître à l'intérieur. « Je reste dehors car j'ai encore à faire. Ça vaut mieux, n'est-ce pas, qu'on ne voie pas une fille comme moi sortir avec lui d'un endroit comme ça ? Sinon qu'est-ce qu'on irait dire… »

Mais Caboche n'a pas réagi. Elle a levé les yeux vers lui et demandé à nouveau : « Tu ne crois pas, Caboche, que ça vaut mieux pour moi ? » Et encore une fois, il n'a rien répondu.

Il ne l'entendait plus. C'est Marie qu'il voyait partout à travers elle. C'était sa main, à l'intérieur du tissu, face à la brosse qui frottait. C'était son reflet, dans l'eau du seau. Sans le savoir, Annelle avait convoqué le souvenir d'une autre et avait disparu sous elle, la voix étouffée.

Alors, quand elle l'a vu, le regard perdu, elle s'est redressée, pour qu'il la regarde, qu'il lui parle enfin. Elle a sorti ses mains de l'eau, les a posées sur sa tête. Des gouttes tombaient depuis ses doigts sur sa chemise et sur son cou. Elle a empli tout l'espace de sa présence. Et, devant elle, Caboche a baissé les yeux, cherchant à retenir à ses pieds l'image de celle qu'il avait perdue autrefois.

Dans ce regard fuyant, Annelle a vu celui de tous les autres. Ceux qui, depuis son retour, l'évitaient ou ceux au contraire, trop insistants, qui s'accrochaient à elle. Les silences lourds de sens, et tous ces mots qu'elle entendait murmurer derrière son dos.

Elle avait cru revenir à Autun comme chez elle, pouvoir retrouver cette vie qu'elle avait quittée, enfant, trois ans auparavant. Mais c'était fini. La ville était la même mais Annelle était devenue une autre. Elle appartenait à un autre corps, et à cet éleveur à côté de qui elle était arrivée ; ainsi qu'à tout ce qu'on disait de lui. Et dans leurs yeux à tous, elle ne lisait plus que ça. Même Caboche, lui qui la connaissait, restait à distance, la laissant seule dans cette vapeur qui s'était mise autour d'elle pour l'étouffer.

Alors, elle s'est baissée une dernière fois. Elle a sorti la veste du seau et la lui a tendue. « Tiens, Caboche. Tu peux y aller. Ta manche est propre maintenant. » Et elle est partie, le laissant seul devant l'étuve.

Maintenant, elle danse au loin, au milieu du cortège bouillonnant. Elle saute, parmi les garçons bouchers, son visage clair disparaissant dans la masse des corps puis ressortant comme une flamme.

Soudain, son corps émerge tout entier, porté sur quelques mètres par les apprentis. On l'installe sur le bœuf, derrière l'enfant à la tête de taureau qui sautille, toujours exalté. Et Annelle, riant aux éclats, l'entoure de ses bras, enserre ses jambes. L'enfant, surpris, vacille, manque de basculer, mais c'est son sceptre finalement qui tombe. La foule exulte. Elle a récupéré l'objet, se le passe de main en main, comme un trophée. Et maintenant, c'est Annelle qu'elle veut. Dans la cohue, des bras se tendent vers elle, attrapent ses pieds, tirent dessus. Comme s'ils voulaient faire chuter l'élue des enfants de Caboche. Mais les garçons bouchers les repoussent. Et au milieu, Annelle rit encore plus, serrant fort les jambes de l'enfant à la tête de taureau, tandis que celui-ci, euphorique et menaçant, agite l'épée en direction de la masse.

Le cortège continue à avancer, sous les yeux des chanoines, penchés là-haut sur le parapet, sidérés par cette fureur païenne qui rejaillit chaque année. Ils savent que c'est une foule comme celle-là qui est remontée de la campagne, il y a quelques mois à Hesdin, pour aller chercher la tête du procureur du roi. Et qu'un rien suffit à la faire basculer d'un état vers l'autre.

Le soir

Le bœuf quitte enfin la ville. Son cortège s'est effiloché. Ils ne sont plus que quelques-uns : Hémo sur son dos, qui a retiré son masque de taureau, Annelle qui l'entoure toujours de ses bras, et autour d'eux, les enfants de Caboche et d'autres jeunes restés à danser et à rire.

Ils passent par la brèche, par cet endroit où tous les jours on vole des pierres au rempart. Ici, toute la ville est venue prendre un petit quelque chose, une nuit ou l'autre. Et l'encoche en haut du mur s'est rapidement muée en une bouche édentée qui bâille au milieu de l'enceinte.

Les enfants empruntent ce chemin clandestin, plein d'un mortier poudreux que le vent a précipité depuis les pierres mises à nu là-haut. Ils suivent le mur d'enceinte par l'extérieur, longeant ces maisons construites contre la paroi et qui tiennent, cramponnées à elle.

La plus tordue de toutes, la dernière avant que le chemin ne plonge vers la plaine, c'est celle de Jacotot. Elle pend, à moitié dans le vide, comme un bubon, à peine étayée. Et il est là, assis devant sa porte, regardant la petite troupe qui s'avance vers lui, et le bœuf surtout.

Jacotot, c'est le mésusant, le voleur de bois. Celui qu'on embauche de temps en temps comme forestier, parce qu'il sait y faire, couper les troncs à la cognée. Celui qu'on voit surtout fureter dans les bois, toujours près d'un arpent en défens ou d'une souche dont il peut éclaircir les rejets. Souvent on le croise, promenant sa mine triste et son air ailleurs. Et quand il se cache derrière un arbre, on voit sa silhouette tordue qui déborde du tronc.

Ce soir, il a l'air heureux, le père Jacotot. Il est ivre certainement. Sa fille Bertille est dans le petit cortège, mais il ne la voit pas. Il se lève et marche à leur rencontre, les bras tendus. Il veut toucher le bœuf, comme les autres, pour se donner chance. Mais Hémo le repousse du pied, et Jacotot tombe en arrière, sur les fesses. Tout le monde rit. Et lui rit aussi, parce qu'il est ivre et qu'il s'en moque, de quoi il a l'air. Sa fille est restée en arrière, sans se montrer.

Les vachers de Caboche emmènent maintenant le cortège vers la grande colline. Ils traversent la plaine, remontent le pré et franchissent la barrière qui le sépare du sous-bois. Ils s'enfoncent parmi les arbres, malgré la peur de l'ours, ou peut-être à cause d'elle. Pour se prouver les uns aux autres qu'ils s'en moquent. Mais ils gardent quand même le bœuf avec eux, encore un peu. Ils allument un feu et l'attachent à un tronc. Et il les attend là, l'œil fatigué, avec ses flancs peints de rouge et ses lanières colorées.

Dans le groupe, il y a Annelle, Hémo, Ari, Nadet et les frères Rigaudon. Il y a d'autres filles aussi, et des garçons un peu plus vieux. Ils dansent, et se chamaillent pour rire. Peu à peu, les duels prennent le pas sur tous les autres jeux. Les grands assurent le spectacle avec de grands gestes et des chutes théâtrales. Les plus petits restent assis, entre les bras des adolescentes qui les entourent et les couvent.

Il n'y a qu'Hémo qui se mesure aux autres. Il se met au milieu, avec sa petite taille, et ça amuse les filles. Chacun leur tour, les grands l'appellent. Quand il leur arrive dessus, ils le maîtrisent avec des gestes lents, assurés, sans violence. Ils jouent avec lui puis l'envoient tourner comme une toupie. Et lui revient toujours vers eux, un petit taureau furieux poussé par les cris qui l'encouragent, ceux d'Annelle surtout.

Hémo fonce vers l'un ou l'autre, tombe parfois sur les genoux, mais se relève aussitôt. Et il se jette à nouveau. Il en attrape un, l'empoigne, mettant toute sa force à ne plus le lâcher. L'autre rit, mais Hémo s'accroche toujours. Et le grand finit par ne plus rire, car il ne sait plus à quel jeu il joue. Alors il le repousse plus durement qu'il ne l'aurait voulu, et l'envoie rouler au sol.

Ceux encore debout se sont mis autour de l'enfant. Il a arrêté de courir, mais n'a rien abandonné. Ils le voient, haletant, se relever, avec un rictus de colère et de rage. Ils regardent, interdits, cette petite chose énervée qui se redresse au milieu d'eux, comme une mauvaise herbe.

Annelle a accouru. Elle prend les mains d'Hémo dans les siennes, s'inquiète de savoir s'il est blessé. Et pendant qu'elle étudie ses doigts, lui garde la tête haute, les yeux fixés sur les autres. Puis d'un coup, il bascule en avant, sans prévenir. Il la tire par le bras vers la forêt. Elle le suit, d'abord surprise, puis riant à nouveau. Et ils s'en vont, main dans la main, disparaissant sur le fond noir des arbres.

Les autres s'assoient autour du feu, sous le regard du bœuf qui attend, l'œil morne, toujours attaché à son tronc. Ils meublent le silence sans conviction. Jamais ils ne parlent d'Hémo, car sur lui ils ne savent pas quoi dire.

Au bout d'une heure, ils entendent quelque chose bouger dans les bois autour d'eux, quelque chose qui agite les feuillages, presque ostensiblement. Ils se tournent et ils la voient émerger du décor : Annelle, dans la lumière du soir. Elle a mis sur sa tête un voile un peu taché qu'elle a dû récupérer sur l'arbre à loques, plus loin. Et comme le voile tient mal, elle marche le nez relevé, pour que le tissu ne tombe pas. Devant leurs mines interdites, elle a du mal à contenir son rire. Elle s'éloigne, grimpe sur un petit talus et se met à esquisser quelques gestes, une danse rendue un peu gauche par le sol glissant et la pente.

Pendant ce temps, une autre silhouette apparaît, une chose petite et frêle qui emprunte le même chemin, l'air décidé. Hémo passe devant eux, le regard au sol comme s'il suivait un fil. Il marche à enjambées régulières, s'arrête, tourne sur un pied et repart en sens inverse.

Ils l'interpellent :

« Qu'est-ce que tu fais ? »

Hémo répond sans lever la tête :

« Je monte la garde. Je défends le cercle. C'est ça qui la protège. »

Ari s'avance vers lui, ironique.

« Qui la protège de quoi ?

— Du cerf aux cornes d'or. Il veut l'attirer hors du cercle. Il veut nous la reprendre. »

Et comme ils rient, Hémo se redresse, pointant Ari du doigt :

« Toi, tu ne dois pas t'approcher. »

Ari sourit, un peu gêné. Il met la main sur son torse.

« Moi ?

— Tu ne vaux pas mieux que Caboche. Toi aussi, tu nous échangerais contre une vache, si tu pouvais. »

Et il se remet à arpenter l'espace sous leurs yeux.

Ils ont cessé de sourire. Ils le regardent, pensifs. La nuit a envahi le sous-bois, d'un coup. Et l'enfant marche au milieu du grand silence, comme s'il ne se rendait compte de rien.

Ari s'avance d'un pas :

« Allez Hémo, reviens. »

L'enfant ne répond pas. On entend seulement le rire d'Annelle qui perce derrière son voile. La lumière est tombée, et tout ce qu'on voit d'elle, c'est une tache blanche qui s'agite sur le fond assombri des arbres.

Ari pourrait aller les chercher. Ils ne sont qu'à quelques mètres après tout. Mais il n'ose pas avancer plus, comme si une chose s'était déployée entre eux, dans le noir.

« Revenez, maintenant. Il est tard. On y va. »

Hémo s'insurge. « Non ! »

Il se tourne vers les autres. Devant lui, les yeux se baissent. Même ceux de Nadet et des Rigaudon. Ils en ont assez. Ils ont peur et ils voudraient partir. Tous ont reculé d'un pas.

Un peu plus loin, Annelle s'est assise. Le menton posé sur sa paume, elle attend, un peu lassée d'être seule dans son numéro. À ses pieds, le voile traîne par terre. Elle les regarde, serrés les uns contre les autres face à Hémo comme devant un esprit de la nuit. Qu'est-ce que ça peut bien leur faire, s'il s'amuse encore un peu, si la nuit prolonge la fête ? Si c'est le noir qu'ils redoutent, alors cette peur-là n'est pas bien méchante.

Sa peur à elle est blanche, et elle se lève avec le jour. Elle s'épanouit au soleil, pleine de regards et de murmures. Dès qu'Annelle met un pied dehors, elle est tout autour d'elle, sans qu'elle puisse rien empêcher. Elle ne peut que fermer les yeux, attendre la nuit pour se retrouver, quelque part en aval.

Jamais il n'y aura de bonne lumière pour elle. Elle le sait. Elle n'a que l'ombre pour s'appartenir. Alors ce soir, pourquoi faudrait-il rentrer ? Quel mal y aurait-il à faire durer la nuit, à jouer à être une autre, encore un peu ? La Saint-Ladre n'est pas finie, après tout. Et ça fait plaisir à l'enfant.

Elle le regarde, seul face aux autres qui secouent la tête devant lui. Aucun ne peut le comprendre. Il n'y a qu'elle. Elle l'appelle : « Hémo, viens ! » Il se tourne, hésite un instant. Puis il court à sa rencontre. Il trébuche, mais elle le rattrape, et ils rient à nouveau ensemble. Et, dans le soir, ils s'en vont, comme frère et sœur, sur un pas de parade. Ils disparaissent vers le fond de la forêt.

Quelques instants après, les autres s'en vont à leur tour. Rien ne les retient plus. Ils quittent le sous-bois pour le pré, sous l'œil de Jacotot qui les avait suivis de loin puis s'est assis un peu plus bas, adossé à la clôture.

La chose noire

Caboche s'est mis à côté des enfants et il a étudié le cadavre pendant un long moment : son bœuf, couché, juste à l'entrée du bois. Puis il a fait quelques pas, seul, vers les arbres. Il est allé au-devant de ce mur vert, tendre et épais, au travers duquel on ne voit rien. Il s'est avancé, prêt à y plonger entièrement, pour essayer d'attraper quelque chose et le ramener à la lumière.

Il sait qu'ils sont quelque part devant lui, Hémo et Annelle, camouflés dans cette masse confuse où tout est fait pour se cacher. Ils l'attendent, c'est certain, déjà à moitié ombres, prêts à se fondre dans la forêt quand il s'avancera.

Caboche sent le regard des autres enfants peser sur sa nuque : Nadet, Ari, les frères Rigaudon. Il se tient devant eux, à la lisière du bois, comme au bord d'un grand jeu. Et tous se demandent quand il basculera pour aller chercher une réponse dans ce fouillis-là.

Pourtant, Caboche revient sur ses pas. Il retourne vers les enfants, se penche de nouveau sur son bœuf. Il regarde les rubans intacts, le tissu coloré, les yeux grands ouverts et fixes. Les longues estafilades de sang séché comme des sillons plus rouges sur sa peau peinte. Et partout ailleurs, la chair où il ne manque rien.

Les gamins ont le nez dessus depuis ce matin. Certes ils s'inquiètent de ce qu'ils voient, mais ils ont peur de Caboche encore plus. Tout à l'heure, ils ont couru à sa rencontre. Ils lui ont raconté tout ce qu'ils savaient. Et, surtout, ils lui ont dit qu'ils ne savaient rien. Qu'ils étaient venus hier soir, avec d'autres, avec Hémo et Annelle. Que les deux avaient disparu. Et que quelqu'un avait dû venir dans la nuit et détacher le bœuf. Parce qu'ils l'avaient laissé plus loin là-bas, attaché à un arbre, et qu'ils l'avaient bien attaché même.

Ils sont allés à l'arbre, pour montrer à Caboche la hauteur du nœud, comme si c'était important. Et là, ils ont compris que ce serait quand même leur faute. Même s'ils ignorent ce qui s'est passé, ce qui a bien pu tuer ce bœuf, ça sera quand même à eux de s'en expliquer, parce qu'ils l'ont attaché du mauvais côté de la barrière, et qu'ils n'auraient jamais dû. Sa place, c'était dans le pré, avec le reste des bêtes.

Caboche contemple le cadavre sans un mot. Et tous sont inquiets de ce silence-là. Ils scrutent son calme apparent comme si quelque chose allait en sortir brusquement, que le couperet allait finir par tomber quelque part. Ils se disent qu'il faudrait peut-être lui expliquer à quel point Hémo était étrange, hier soir. Et pas qu'hier. Depuis le matin où ils l'ont trouvé dans la forêt. Et lui répéter tout ce qu'Hémo a dit, sur l'ours et le reste. Car plusieurs choses bizarres qu'on met côte à côte, ça peut suffire à une explication, à une accusation même.

De toute façon, ça ne change rien pour Hémo que Caboche se retourne contre lui plutôt que contre eux. Il a toujours été le préféré, le seul d'entre eux à qui leur maître fait attention, malgré cette rancune qu'Hémo lui garde et qu'ils n'ont jamais comprise. Ou peut-être à cause d'elle. En tout cas, ils peuvent bien lui en mettre un peu sur le dos, puisque à la fin on ne lui dira rien.

Caboche étudie toujours le corps du bœuf. Il en a vu passer des dizaines, sur son billot, son étal. Mais celui-là, il n'y touchera pas. Il suit les coupures trop longues, trop profondes pour que ça soit des griffes. Il regarde ces marques. Il ne sait pas ce qu'il peut y avoir derrière des sillons si nets et si écartés. Par contre, il sait bien ce que les autres diront, en voyant la chair ainsi tailladée. Ils diront qu'elle n'est pas dans la nature, la chose qui a fait ça. Une chose qui tue sans avoir faim, juste par plaisir, ça n'existe pas.

Pourtant, elle doit bien être là, tapie quelque part, sous les arbres. Et il sait qu'elle ne viendra pas lui rendre compte de cette mort-là. Quand la forêt prend une bête, elle ne dit pas pourquoi. Elle la prend, c'est tout. Et lui, après tout, en quoi ça lui importe ? Son bœuf est mort et aucune explication ne le remettra sur ses quatre pattes. C'est aux autres maintenant de trouver les raisons, aux autres d'avoir peur.

Alors il se relève, et s'en va. Il abandonne le bœuf mort aux pieds des enfants, comme s'il était à eux désormais. Il descend vers la ville, vers la plaine qui s'étale au pied de la colline. Il avance parmi les champs minuscules, bordés de murets hauts comme si chacun devait se défendre contre l'appétit de l'autre. Entre eux, les pierres sont intriquées de ronciers et d'épines sur lesquelles pendent des dizaines de mulots, de grenouilles et de hannetons que les pies-grièches ont ramenés là pour les faire sécher au soleil.

Caboche passe devant les laboureurs qui travaillent au soleil, pieds nus dans le blé presque mûr. Il sait qu'ils ne pensent qu'à ça, à ce blé de printemps que les pluies ont obligé à semer en mai, en rattrapage. Leur vie tient à ces grappes, à ces épis qui jaunissent trop lentement sous le soleil tardif. Depuis que les panicules sont apparues, chaque jour ils les tâtent, pour voir si les grains sont secs, s'ils sortent assez des capsules. Ils aimeraient déjà les avoir moissonnés, les avoir au grenier. Et, en eux, ils prient pour que rien ne se passe entre-temps.

Pourtant, ce soir, c'est une autre peur qu'ils rapporteront chez eux. Caboche sait que, bientôt, ses apprentis se mettront à courir la campagne, et ils emmèneront la nouvelle du bœuf mort partout aux alentours. Alors les laboureurs viendront en courant. Ceux-là mêmes qui ne lèvent pas le nez pour le regarder passer, ils lâcheront tout pour se regrouper autour du cadavre. Eux aussi étudieront les estafilades, la chair où il ne manque rien, toutes ces blessures étrangères. Et ils se diront comme lui : « Juste par plaisir. »

Ils penseront que c'est la cruauté même qu'ils ont devant eux. Ils diront que c'est l'ours de foire qui a fait cela, celui qui s'est enfui dans la forêt, cet être perverti entre l'homme et l'animal, qui va à deux ou quatre pattes. Ils diront que c'est lui, forcément, car ça ne peut pas être autre chose qu'une malbête qui tue comme cela, qui laisse toute la chair sans y toucher. Un être cruel et paresseux, qui souille tout ce qu'il convoite, la chair d'un bœuf ou le corps d'une jeune fille. Ce cadavre rendu immonde, cette chose noire que la forêt a laissée à l'entrée du sous-bois comme si elle n'en voulait pas, c'est le reflet de l'ours. Pas autre chose.

Et ce soir, ils s'endormiront avec lui. Toute la nuit, ils sentiront sa présence menaçante rôdant autour des bêtes de trait qu'ils ont mises à paître dans le sous-bois. Et en s'éveillant au matin, ils les auront crues mortes dix fois. Ils s'imagineront soudain sans elles, incapables de labourer ni de semer. Et ils se verront bientôt morts eux aussi.

Après la peste, après les rats, c'est une peur toute neuve qui viendra frapper à la porte de l'évêché demain à la première heure. Et il faudra l'entendre, avant qu'elle ne s'ajoute aux autres et ne se mue en colère.

Caboche sera là justement, avec ses mots qui parleront pour tous. Il saura dire ce que les gens ressentent, cette inquiétude pour leurs bêtes que la forêt ne suffit ni à protéger ni à nourrir. Il éclairera pour eux ce qu'ils ne peuvent exprimer que confusément : ce manque de pâture qui mine le pays et l'affaiblit depuis si longtemps.

Et les chanoines devront l'écouter, eux qui lui ont si souvent demandé de se taire. Car Caboche saura dire quel pré donner, où et comment, pour protéger les bêtes et les faire engraisser. Que les hommes s'apaisent et puissent enfin vivre, eux aussi. Et, cette fois-ci, ils ne pourront plus lui refuser le droit d'avoir raison.

Vers la ville haute

Tous l'ont entendu, en effet, le bruit qu'a fait la nouvelle du bœuf retrouvé mort dans la forêt. Un bruit sourd qui monte en bourdonnant et vous pénètre par les tripes plus que par les oreilles. Même l'évêque, qui revenait de Dijon, l'a entendu gronder sous ses fenêtres. Parce que ici la campagne est juste sous le nez de la ville.

À cet appel, ils sont tous sortis, les chanoines, le grand vicaire. Ils ont quitté les bâtiments de pierre, l'évêché, le chapitre et la cathédrale, ils se sont rassemblés, tête nue, pour écouter le murmure que fait la colère avant d'éclater vraiment. Ils savent que quand ça monte, comme ça, peu importent les raisons. Il faut vite lui jeter quelque chose, n'importe quoi, pour que ça s'arrête.

Et ils se sont accordés pour qu'on fasse venir l'avocat. Il les obsède. Même si aujourd'hui ce n'est pas lui l'étincelle, c'est lui la raison profonde, lui qui exaspère la terre et l'empêche de trouver son apaisement. Lui, toujours sur leur route, qui les retient d'avancer, avec ses délais, ses démarches et ses rats qu'ils ont fait informer de toutes les manières et qui ne viennent jamais.

Par sa faute, ils n'ont fait qu'attendre. Mais maintenant, ils ne peuvent plus. Il faut que l'avocat vienne ce matin, sans délai, pour un huis clos à l'officialité. Qu'on puisse dire aux gens que le procès avance. Leur donner cela au moins, avant qu'il ne soit trop tard.

Chasseneuz est venu à leur appel. Il grimpe sur le chemin qui mène à la ville haute. Il sait ce qu'ils veulent : une décision, au plus vite, qu'importent les règles et la procédure. Ils veulent l'offrir à Autun, la passer sur ce pays comme un baume, pour l'apaiser. Pour eux, il n'y a que cela qui compte, que les gens se calment, avant que la faim, la peste ou autre chose ne les emporte.

Et tandis qu'il marche vers l'évêché, Chasseneuz s'échauffe contre les Autunois, et contre tous ces autres qui depuis quelque temps l'exaspèrent. Ces pêcheurs du littoral de Sorrento par exemple qui ont pris l'habitude d'excommunier les dauphins sans autre forme de procès, parce qu'ils brisent leurs filets. Et ce docteur Navarre, qui se dit théologien et vient les soutenir dans cet usage stupide et mortifère.

Chasseneuz s'emporte contre ce penchant qu'ont les hommes à vouloir fulminer l'anathème tout de suite et contre n'importe quoi, rabaissant la justice de Dieu pour en faire une arme de superstition. Et ils s'imaginent que la Providence leur donne raison parce que, parfois, les fléaux ont semblé reculer ! Mais est-ce la marque de Dieu, ou plutôt celle du diable, que de faire croire aux esprits faibles qu'ils sont dans le juste pour mieux les attirer dans la faute ?

L'avocat remonte la pente, exalté par ces pensées-là, tandis qu'autour de lui la ville basse résonne de la même colère confuse et sourde. Toutes les peurs s'entremêlent, l'ours, la famine et la mort. Elles tournent, folles, au fond des maisons. Et Chasseneuz avance au milieu, à grandes enjambées impérieuses, comme s'il apportait là-haut le pouls de cette terre. Mais non. Il ne pense qu'au docteur Navarre et aux Sorrentini, à cette corruption dans laquelle ils mettent le droit canon. Il se dit qu'un jour il écrira contre eux. Il a déjà les mots, les arguments. Ils se bousculent en lui et bouillonnent, nombreux. Il les sent qui affluent à chacun de ses pas. Ce matin, il les emmène là-haut pour qu'ils s'en aillent taper aux tempes de la ville, à l'évêché. Qu'ils lui fassent bouillir les sangs jusqu'à lui faire éclater les veines. Et de cette blessure, le monde pourra enfin se purger. La vérité s'écoulera en cascade et ce torrent emportera tout : la corruption des Autunois et celle des Sorrentini. Il ira inonder la ville et la campagne. Et lui, Chasseneuz, il sera tout en haut, bien visible, à côté de la source.

Arrivé au pied des premiers bâtiments de la ville haute, pourtant, quelque chose se met sur son chemin : Caboche et tous ses espoirs, Caboche qui veut croire que tout peut s'accommoder, que le bien de ce monde se règle à coups de vaches, de prés et de petits arrangements. Caboche, qui est arrivé avant lui, qui s'est tourné vers les chanoines, le vicaire, mais que personne n'a voulu écouter. Caboche qui court maintenant à sa rencontre en criant, comme s'il était le seul désormais qui pouvait l'entendre.

D'un mot, Chasseneuz le contourne, et le laisse derrière lui. « Après ! » Il s'en va vers ces gens qui l'attendent plus loin, les chanoines et les juges qui piétinent depuis un moment, anxieux. Quand ils le voient enfin, toute leur inquiétude se déplace vers lui en un seul élan. La petite foule se rabat tout entière sur l'avocat, montrant son dos au boucher et tissant devant lui une maille impénétrable. Et tous entrent dans l'officialité, laissant Caboche seul dehors.

Second renvoi

Dans la salle, l'official a eu un mot rapide pour l'évêque, présent aujourd'hui. Et après que l'autre lui a répondu d'un geste, il s'est tourné vers les gens du tribunal. Il rappelle les faits. Il rappelle surtout l'agitation, le pays qui manque de basculer dans la révolte, l'inquiétude partout pour des récoltes qui s'annoncent très mauvaises et que les rats menacent d'anéantir. Il explique que chaque jour les habitants viennent le chercher, qu'ils le supplient d'agir, d'excommunier les bêtes. Il rappelle que son tribunal se gardera bien de répondre à ces emportements mais il en revient tout de même à ces gens, à leur colère et à ces renvois successifs qui chaque fois retardent la décision que tout le pays attend. Et l'évêque à sa droite hoche la tête.

Puis l'official rappelle que les conciliations ont échoué et que Chasseneuz a sollicité un nouveau délai, il y a plusieurs jours, pour que les rats puissent se présenter. Il explique que l'annonce a été faite selon les formes, mais que les rats n'ont pas répondu à l'appel et qu'il serait donc en droit de fulminer contre eux l'anathème.

Puis l'official se tait, comme si ce dernier mot lui avait brûlé les lèvres. Il cherche des yeux l'approbation des autres, mais beaucoup se dérobent. Et Chasseneuz s'engouffre dans ce silence.

Il se lève et considère les gens du tribunal, les juges, les adjoints, les greffiers, les avoués des parties. Ils se sont préparés et ils l'attendent, mais il ne les craint pas. Devant eux, il déclare s'étonner de cette hâte dans laquelle ils se mettent. Il soutient que l'absence des rats devant le tribunal ne constitue pas un motif suffisant pour fulminer quoi que ce soit. Car la cause en est simple : c'est le procès lui-même, qui a fait grand bruit à travers toute la campagne et a semé sur les routes toutes sortes de chats et d'embuscades diverses. Et les pauvres bêtes ne peuvent venir jusqu'ici puisque tous les chemins sont pleins de ces prédateurs qui les attendent.

Les gens du tribunal se redressent, irrités et choqués. Ils demandent tout haut si l'avocat n'a pas honte. L'official l'interpelle :

« Mais que demandez-vous alors ?

— Un délai supplémentaire, seulement un délai. Qu'on leur donne au moins le temps de trouver des chemins sûrs pour venir à nous. »

Tous s'indignent à nouveau, mais Chasseneuz continue :

« L'empêchement ne condamne personne ! Et si un jugement devait être rendu malgré tout, les bêtes n'en resteraient pas moins *de jure* maintenues dans leurs droits. Et je serais alors susceptible de demander l'annulation de cette décision. »

Le procureur s'est levé d'un coup : « Ce n'est que du bavardage ! Du bavardage qui mène ce pays à la faillite et à la mort. Regardez autour de vous ! Les gens sont fous de rage. Les récoltes sont dévastées, et la famine menace partout. Et vous, vous vous moquez de tout cela, de la misère de ces gens. En bafouant les hommes, vous bafouez Dieu tout autant ! »

Les juges se tournent vers Chasseneuz, attendant de voir si le coup a porté. Mais celui-ci a écouté sans ciller. Il reprend du même ton assuré.

« Le caractère de ravage et d'urgence n'est pas remis en cause. Personne ne conteste le préjudice fait aux laboureurs. Pourtant, l'existence d'un préjudice terrestre ne suffit pas à établir une vérité, pas ici en tout cas. Fulminer l'anathème dès aujourd'hui serait une erreur, pis même, un dévoiement. Cela reviendrait à mettre cette arme qui nous est confiée par Dieu au service de l'empressement et des intérêts des hommes. »

Il se tourne vers les juges.

« Que cherchons-nous ici ? Réparation ? Si c'est le cas, il faudrait nous dessaisir de cette cause, immédiatement. Car nous ne sommes pas le bon tribunal. C'est devant la justice séculière que ce procès devrait être renvoyé.

« Si la cause est présentée ici, devant Dieu, ce n'est pas pour qu'Il nous donne réparation. C'est pour que Sa vérité nous éclaire, pure, entière, sans rien omettre. Qu'elle éclaire les rats, les hommes et surtout leurs fautes.

« Or sommes-nous en train de chercher cette vérité-là ? Non ! Nous jugeons avec l'orgueil des forts, sans chercher à comprendre la raison des faibles. Nous nommons *ravage* et *vermine* ce qui nous cause du tort, pensant que cela suffit à exiger de Dieu que cela cesse. Et nous nous apprêtons à condamner en Son nom sans prendre le temps de rien écouter sinon nous-mêmes, simplement parce que ceux que nous accusons sont sans voix.

« Pourtant, que nous dit saint Paul ? Que ce qui est d'origine modeste, méprisé dans le monde, ce qui n'est rien, voilà ce que Dieu a choisi pour détruire ce qui est quelque chose. Il le fait afin que personne ne puisse s'enorgueillir devant Lui, ni de sa force, ni de son droit.

« Mais nous, devant ce signal, nous préférons fermer les yeux. Nous parlons de malignité pour décrire ce que les rats ne font que par penchant naturel. Nous cherchons la culpabilité sur les bêtes pour ne pas voir la main divine qui se trouve derrière elles.

« Mais, à la fin, nous ne trompons que nous-mêmes. Et en croyant sauver quelque chose, nous perdrons tout, assurément. »

Chasseneuz se tait et s'assoit. Les juges désorientés se tournent les uns vers les autres, à la recherche d'une parole à suivre. Et l'évêque, tout à droite, rentre sa tête dans son cou.

À l'autre bout du tribunal, l'official s'est penché sur le procureur. Il murmure pendant un instant. L'autre l'écoute, l'œil blanc, puis il finit par se lever, le ton radouci : « Nous vous entendons. Et croyez bien que nous sommes soucieux de tout ce que vous dites. Il n'est pas de la volonté de ce tribunal de condamner les rats au nom de leur nature, ce qui serait bien injuste. Ni de permettre aux hommes de sortir exemptés et lavés de leurs fautes.

« Au contraire, si nous nous inquiétons, c'est parce que notre devoir et notre responsabilité sont justement là : permettre aux hommes de faire pénitence, et aux rats de retrouver leur sillon.

« S'il est bien dans la nature des bêtes, comme vous le dites, d'être sur les champs et sur les fruits, elles ne doivent pas faire concurrence à l'homme et l'en priver. C'est le sens même de la Création, puisque Dieu a voulu que l'homme apparaisse au dernier jour, après qu'il eut créé les produits de sa subsistance. Et si les rats sont aujourd'hui dans cet état qui va contre l'ordre naturel, c'est bien que Dieu les y a guidés, pour nous avertir de nos fautes.

« Aussi, il n'est pas question ici de punir ces bêtes pour une raison qu'elles ignorent, mais plutôt de leur faire savoir que, par notre faute, elles ont quitté le sillon qui est le leur. Qu'elles puissent retourner vers des terres qui leur conviennent autant, sans plus contrevenir à l'ordre naturel des choses.

« C'est pour cela que Dieu nous a confié les monitoires. Qu'ils puissent servir d'avertissement et de précepte, se porter à l'usage des âmes simples, afin qu'elles retrouvent leur chemin. Et grâce à la menace de l'anathème, éclairer cet état où elles ont été jetées malgré elles, qu'il leur soit possible de s'en écarter. Et croyez-moi, si les rats en étaient avertis, ils le feraient, assurément, car ils y gagneraient leur salut. Mais ces renvois incessants nous empêchent d'émettre des monitoires, privant bêtes et hommes de leur lumière. »

Il appuie sur ces derniers mots, soutenu en cela par la rumeur approbative des juges. Il jette un coup d'œil vers l'official, voit son air ragaillardi, et croit pouvoir s'aventurer un peu plus loin.

« Aussi, si nous souhaitons une décision sans délai, c'est justement pour que l'orgueil et le mal cessent de prospérer, qu'on ne laisse pas indéfiniment ce monde dans un état qui le tient écarté de Dieu. »

Le procureur se rassoit, heureux d'avoir retourné à son avantage les arguments de l'avocat. Mais Chasseneuz a déjà bondi hors de son siège.

« Vous souhaitez une décision, comme si une décision seule suffisait à tout régler. Mais qu'est-ce qui éclairera la décision elle-même ? Qu'est-ce qui lui donnera sa portée et sa grandeur ? C'est le droit canon, c'est lui qui la fonde. Sinon, de quelle justice parle-t-on ?

« Or, regardez cette justice que vous vous apprêtez à rendre. Regardez ce que, par souci d'urgence, vous allez faire : agiter la menace de l'anathème sur les rats, les presser de s'en aller et de quitter les champs pour qu'ils les rendent aux hommes. Et vous dites faire cela au nom de leur salut !

« Pourtant, ces rats, ont-ils une autre terre qui pourrait les nourrir ? S'ils restent dans ces champs, c'est qu'ils n'en connaissent aucune autre. Quel bien sinon la faim leur promettez-vous en les chassant ainsi ? Quel juste chemin vos monitoires pourraient-ils éclairer s'il n'y a au bout que la ruine ?

« La menace de l'anathème n'est un recours que si elle donne force à une décision juste. Nous ne pouvons la tourner contre les autres bêtes, à notre guise. Si pour elles il n'y a de choix qu'entre la mort d'un côté et l'anathème de l'autre, cela devient une arme de l'injustice, tournée par l'homme contre la Création elle-même. Et tous les monitoires rendus ainsi seraient indignes et révocables, *benigno judicis implorato officio*.

« C'est au chemin qu'il nous faut penser, à cette route qui ne serve pas seulement l'homme, mais les bêtes et Dieu à travers elles. Nous devons mener cette cause vers une bonne décision, qui propose en tout point l'équilibre, par des compensations, et qui permettra de déployer sans le dévoyer le piège de l'anathème. Qu'il puisse assurer le salut des âmes sans en précipiter la perte. Alors seulement dans ce cas nous pourrons lancer des monitoires à l'intention des rats. Qu'ils les ignorent, et ce sera de leur part un délit, assurément. »

Il se tait, et devant lui les juges s'emportent intérieurement contre ce droit canon dont il est chaque fois question et qu'ils ne connaissent guère. Cette chose qui fait tellement gloser aujourd'hui et qu'on leur ramène d'autorité, de Paris ou d'ailleurs. Pourtant, ils sentent inconsciemment que c'est à cette chose-là qu'ils doivent leur place, comme si un coussin s'était glissé sous eux sans qu'ils le remarquent. Alors ils ne contestent pas l'argumentaire de l'avocat. Ils se taisent, et l'official, agacé autant par Chasseneuz que par ce silence qui semble désormais l'approuver, l'apostrophe : « Cette décision *juste* dont vous parlez, quand nous sera-t-il possible d'en discuter ? Nous sommes prêts à imaginer toutes les compensations, mais comment le faire, et avec qui parler puisque les rats ne se présentent pas ? »

Chasseneuz prend l'air étonné : « Mais avec moi ! »

À nouveau, une rumeur parcourt le tribunal.

« Si le tribunal me fonde à le faire, je peux discuter en leur nom de tout point qui pourrait mener à une décision équilibrée. »

L'official le regarde, médusé : « Eh bien, pourquoi ne pas en discuter dès maintenant ? Puisque nous sommes là, débattons de ce que vous souhaitez pour leur compte ! »

Chasseneuz se lève.

« Nous le pouvons, certes, mais pas avant que le tribunal ait écarté toutes les causes d'obstruction. Je ne peux être fondé à parler au nom des rats que si les juges concluent auparavant à leur incapacité réelle. Qu'il leur revienne d'établir, en toute conscience, que les bêtes n'ont pu se présenter en raison d'une impossibilité de nature, et non en raison des menaces qui pèsent sur eux, chats ou autres. Or cette certitude, comme je l'ai démontré, n'est pas établie.

« Voyez à Laon par exemple. Le juge qui avait cité les mouches à comparaître leur a accordé un orateur en raison de l'exiguïté de leur corps et en considération de leur jeune âge. Il l'a fait afin qu'elles ne restent pas sans défense, *ne indefensa remaneant*. Et pourtant, il l'a fait seulement après plusieurs appels qui ont rendu plusieurs fois possible leur présence. De ce fait, il a pris soin de lever toutes les causes d'obstruction sur lesquelles planait encore un doute. »

Dans la salle, au milieu du tumulte, s'élève la voix de l'official qui réclame le calme puis se tourne vers l'avocat d'un air implorant : « Pour les mouches de Laon, je comprends bien. Mais dans notre cas à nous, quand ces causes d'obstruction pourront-elles être écartées ? »

Tous observent Chasseneuz qui a baissé les yeux et reste pensif un moment. Puis il se redresse vers eux.

« Eh bien, je pense pouvoir dire que les causes seront écartées quand vous serez fondés à le croire. »

Et sur ces mots, il leur abandonne la parole.

Notre hauteur

Caboche est encore là, au sortir de l'officialité, face au parapet qui domine la ville. Il essaie de capter l'attention de Chasseneuz, mais celui-ci parle avec l'évêque. Et tandis que le boucher bout d'une colère rentrée, Repho, le grand vicaire, s'est approché de lui depuis l'autre bord de la petite esplanade. Sa voix le surprend dans son dos : « Votre avocat est devenu d'importance, dirait-on. Un grand allié que vous avez là. Peut-être un peu trop grand d'ailleurs. »

Il se met à hauteur de Caboche.

« Regardez donc ! Même l'évêque vient le voir. Malgré sa fureur, il lui parle. Vous savez pourquoi ? Parce que aujourd'hui votre Chasseneuz tient Autun tout entier entre ses mains. »

Le vicaire désigne du menton l'évêque, tout raidi dans son habit mais qu'on croirait prêt à s'agenouiller à tout moment. Et il ajoute, comme pour lui-même : « Ah, çà ! Votre ami est devenu quelqu'un. » Puis il se tourne vers Caboche, l'air amusé : « Et vous pensez vraiment qu'il va donner la priorité de ses pensées à l'écorcheur et à ses vaches ! Mais de quoi croyez-vous qu'ils parlent ?

De bêtes et de pâtures ? Des finances de mon évêché et de mes soucis ? Non. Ils parlent d'un monde dont nous sommes absents. »

Il sourit.

« Nous sommes des gens de la vie. J'administre celle des gens comme vous administrez celle de vos bêtes. Sans arrêt, nous devons gérer la pénurie. Le voici, notre rôle. Et leur survie est notre seule récompense.

« Toute la journée, nous marchandons avec la nature, avec le corps des hommes et celui des animaux, et nous pensons le faire pour le bien de tous. Mais des alliés, en réalité, nous n'en avons guère. Ni vous ni moi. Des alliés qui parlent pour nous, des alliés à notre hauteur, il n'y en a aucun. Parce que notre hauteur, c'est d'être trop hauts et trop bas en même temps. Trop hauts pour les gens ordinaires. Et trop bas pour ces gens-là. »

Le vicaire lève une main au-dessus de sa tête. « C'est à cette hauteur qu'est votre ami désormais. Et il y restera. »

Du bras, il emmène le boucher sur quelques pas. Ensemble, ils contournent un groupe de clercs et se postent un peu plus loin. Devant eux, l'esplanade bruisse de dizaines de discussions. « Regardez tous ces visages tournés vers Chasseneuz. Ils le détestent, ils l'admirent. Que lui importe. Toute cette fureur, elle le porte. Voyez comme il la concentre. »

Caboche fait une moue. « À quoi bon. »

Le vicaire s'arrête.

« À quoi bon ? Et vous, Caboche, vous qui êtes détesté tout autant, est-ce que cette haine n'a pas fait de vous quelqu'un, après tout ? »

Le vieil homme s'est mis face à lui mais le boucher a détourné les yeux. Là-bas, Chasseneuz et l'évêque discutent encore. Et la voix du vicaire revient, insistante.

« Croyez-moi, Caboche, je comprends votre cause. Ce que vous dites sur la vaine pâture, ça peut servir ce pays. Ça devrait être entendu, évidemment. Et pourtant, personne ne parlera pour vous. Jamais on ne parle pour nous.

« Vous voulez des bêtes et des pâturages, qu'ils soient utiles à tous. Vous voudriez devenir éleveur, comme moi j'ai pensé un jour que je pouvais être utile à mon évêché, en tant que grand vicaire. Mais on ne m'a rien donné, Caboche. J'ai su qu'il me faudrait le prendre. Même si c'est pour le bien du monde, il nous faudra toujours arracher les choses. Et on nous détestera pour cela. »

Ils marchent ensemble, le grand vicaire pendu au bras du boucher et Caboche les yeux perdus sur l'horizon.

« L'amitié, la fidélité, les promesses, ce n'est pas pour nous. La peur et la colère dans lesquelles baigne ce monde, la voilà notre condition. Nous ne l'aimons pas, mais c'est ce que Dieu nous a donné pour pouvoir construire quelque chose. »

Et tandis qu'ils s'approchent du parapet, des gens courent dans la rue sous eux. Ils arrivent de la ville basse, excités et rouges. Des chanoines descendent pour se porter à leur rencontre.

« Pourquoi cette agitation ?

— La petite blanchisseuse ! Elle a disparu dans la forêt. Personne ne l'a revue depuis hier ! »

Un autre s'avance.

« L'ours ! C'est lui qui l'a enlevée. Il a tué le bœuf, et maintenant il a pris la fille. »

Les chanoines les interrogent : « Quelle fille ? », mais ils ne répondent pas. Ils parlent de la battue qui déjà se met en route.

Le vicaire s'est penché vers eux : « Regardez-les, Caboche. »

Les chanoines se sont mis à courir, paniqués par la nouvelle, et le vieil homme les regarde. On dirait qu'il sourit. « Vous sentez la colère qui monte ? Écoutez-la, comme elle nous appelle. »

Il se retourne vers le boucher mais, derrière lui, il n'y a personne. Caboche est parti.

La battue

Partout, la battue s'organise. Dans la campagne, des processions descendent, furieuses, attrapant tout ce qu'il y a de gens dans les fermes et au bord des chemins. La nouvelle du bœuf mort avait déjà chauffé le pays à blanc, et la disparition de la fille a cueilli cette colère en route, faisant basculer la ville avec elle.

Le nom d'Annelle est arrivé sur toutes les lèvres et a jeté tous ces gens sur le chemin de la forêt. Tous à la recherche d'une ombre, d'une petite servante que personne ne connaissait encore hier. Mais quelle importance ? L'ours est venu, attiré par l'odeur de la femme. Et c'est leur fille à tous qu'il a enlevée, c'est elle qui hurle sous son souffle concupiscent. Une fille sans visage, qui ressemble à toutes les autres, emportée dans une tanière sombre pour y assouvir un désir monstrueux.

Et ils courent, aimantés par cette image-là : deux corps que tout oppose et qui s'emmêlent dans leur tête, comme les deux versants d'une pièce qui tourne et dont on ne peut plus séparer les contours. Ils vont pour qu'elle s'arrête de tourner, que la pièce tombe enfin.

Ils vont pour ramener le corps de l'ours. Et si c'est son cadavre à elle qu'ils trouvent en premier, alors au moins ils l'auront soutiré à la lubricité de l'autre.

Devant eux, Caboche est déjà dans la plaine sous Autun. Il vole au-devant de la foule. Avant qu'elle n'arrive dans la forêt, il aura tout caché. Annelle, Hémo, tout ce qui pourrait apaiser sa fureur. Qu'elle les consume tous, puisque c'est cela qu'ils veulent.

Il passe par la Penouille, attrape les enfants à l'intérieur et les emmène avec lui. Ils entrent dans la forêt, par là où elle est le plus proche, à peine ralentis par les branches sur leur passage. Les enfants encore étourdis le suivent parmi les arbres, le regardant débouler comme un fou et déchirer le grand silence devant eux. Il crie, hors d'haleine : « Hémo, Annelle », face à la forêt statufiée.

Ils entendent la battue venir sur leurs talons. Les laboureurs et les gens de la ville sont entrés à leur tour dans le sous-bois. Et plus les enfants s'enfoncent, plus il leur semble qu'ils se rapprochent.

Ils se pressent derrière Caboche, dévalent une ravine par le travers et atterrissent au fond sur un ruisseau dont le fil tortille entre les lierres. Puis ils remontent par un chemin de terre qui grimpe le long de l'eau. Des cris percent maintenant depuis la forêt haute et les enfants frissonnent car ils entrevoient plus bas la silhouette sombre des premiers de la battue qui courent entre les grands arbres. Et soudain, ils prennent peur, comme si tous ces gens venaient pour eux.

Caboche les libère, et eux qui n'attendaient que ça se ruent vers le haut du coteau. Ils remuent les arbustes, couchent les branches basses à leurs pieds. Et, comme en écho, d'autres feuillages s'agitent plus haut. Tout un monde dissimulé s'échappe devant ce bruit furieux. Les bêtes sauvages et les oiseaux fuient, et Annelle et Hémo courent autant qu'eux. Ils remontent les chemins méandreux et pleins de racines. Ils se pressent jusqu'au sommet du coteau, jusqu'à ces grands hêtres qui le recouvrent d'une dernière ombre, avant que commencent le grand plateau nu et la clairière de Montjeu. Ils arrivent devant cette bâtisse qu'on dirait posée sur le haut du ruisseau, la dernière chose qui puisse encore les cacher, avant la rase campagne et le plein soleil. Et ils plongent à l'intérieur.

Quelques instants après eux débarquent Ari, puis Nadet et les frères Rigaudon. Ils s'arrêtent devant le vieux prieuré, devant ses murs gris et ses fenêtres barrées de planches. Surtout devant cette porte qui balance doucement, au pied de la façade à droite.

Quand Caboche arrive à son tour, les enfants lui indiquent du doigt son va-et-vient minuscule. Le boucher semble hésiter à s'engager à l'intérieur puis il repousse la porte pour qu'elle se loge à nouveau dans la vieille huisserie. Qu'elle cesse de bâiller. Et il vient se mettre parmi les enfants. Ensemble ils attendent.

Dans le prieuré, Annelle et Hémo ont vu la porte se refermer sur eux et la lumière disparaître. À travers les fenêtres occultées, aucun jour ne perce. Dans leur course panique, ils ont à peine eu le temps de voir ce qu'il y avait autour d'eux. Une grande pièce, et quelques meubles contre les murs, qui ressemblent à des bancs ou des paillasses. Quelques tas sombres, des étoffes, abandonnées çà et là. Et surtout le vide qui s'emplit de noir, dans lequel ils tâtonnent.

Ils finissent par s'asseoir contre un mur au fond, et restent là, serrés l'un contre l'autre. Annelle a pris Hémo dans ses bras. Elle l'entoure parce qu'il tremble, à cause de l'ombre qui les a engloutis et des monstres qui dansent à l'intérieur.

Annelle aussi a peur, mais pas de l'obscurité. Elle a peur de cette chose qui vient pour elle, de l'autre côté du mur. Elle la sent qui lèche les pierres, les flaire depuis l'extérieur comme une bête traqueuse. Et elle se pelotonne un peu plus dans le noir. Elle voudrait pouvoir se dissoudre comme autrefois, retrouver ce corps minuscule qu'elle faisait disparaître à l'ombre des autres, redevenir cette petite orpheline que les adultes écartaient du bras comme si elle ne comptait pour rien. Mais c'est fini. Elle sait qu'ils l'attendent. C'est à eux qu'elle appartient désormais, à cet éleveur, à cette ferme et à cette route qui y retourne. Et même à travers les murs épais du prieuré, elle croit entendre la voix de la femme qui l'appelle par-delà les collines. Mais Annelle n'ira pas. Elle attendra ici, que l'éleveur et ses vachers se lassent, qu'ils quittent Autun sans elle. Et dans le noir, elle sert Hémo dans ses bras comme si elle s'accrochait au pays tout entier.

Dehors, la battue progresse. Plus bas, les femmes et les hommes sondent la forêt par grappes. La plupart n'ont jamais vu ni l'ours ni la fille. Mais ils courent comme si le diable les avait mis au fond d'eux.

Il n'y a que Jacotot qui marche sans but, cahotant dans l'espace libre entre les groupes. Il s'accroche aux uns puis décroche pour en suivre d'autres. Et tous le regardent du coin de l'œil, agacés par sa manière de fureter derrière eux, par cet air dissimulateur qui le fait se détourner quand ils se retournent vers lui.

Ils savent pourquoi il est là. Il s'inquiète pour ses caches, craignant qu'ils ne mettent le pied dessus par hasard. Du bois, il doit en avoir dissimulé partout. Plus d'une fois, les gruyers l'ont attrapé mais ils l'ont toujours laissé partir. C'est bien qu'il a dû leur montrer de quoi les faire profiter eux aussi, pour qu'ils ne l'aient pas ramené de la forêt les mains attachées.

Dans le paysage égal, les groupes de battue progressent en parallèle, sans se lâcher des yeux. Ils évitent les pentes les plus fortes et dérivent ensemble vers le bois des Blanchots. Puis ils atterrissent au fond d'un sillon humide qui serpente entre des falaises effondrées. Là, le relief qui se tord les fait glisser les uns contre les autres, et ils continuent leur route, au milieu des arbres tordus, le regard rivé sur le sol étrange, fait d'un enchevêtrement de branches et de souches moussues. À leurs pieds, le ruisseau a disparu et ils cheminent côte à côte, rassurés sans se le dire de se sentir les uns contre les autres. Dans le silence de ce vallon humide, ils se retournent à chaque bruit, à chaque oiseau d'ombre qui s'envole devant eux. Et quand les premiers, levant la tête, voient enfin la lumière du plateau devant eux, ils se ruent vers le haut du coteau et ce chêne plus gros que les autres, que le soleil éclaire par l'arrière. Ils se penchent pour passer sous sa ramure. Et quand ils se redressent, ils sont en pleine lumière, sur le bord du plateau.

Là, ils s'assoient et s'attendent en riant, se chauffant au soleil, respirant l'air pur comme s'ils revenaient d'une drôle d'aventure. Ils accueillent les retardataires puis se remettent en marche, décidant sans se le dire d'éviter pour un moment la forêt.

On les voit longer la ligne de crête en une troupe plus fournie, aller sur les vieux tracés, contourner les bosquets et les étangs. C'est bientôt une petite société qui avance, les hommes d'un côté discutant de leurs champs et de leurs bêtes, et les femmes de l'autre parlant de la même chose. Parfois, ils s'arrêtent pour décider des directions et des chemins à prendre, mais en réalité c'est le bord du plateau qui les guide. Sans qu'ils s'en aperçoivent, il les envoie vers le vieux prieuré de Montjeu, celui où Annelle et Hémo se sont cachés et devant lequel les attendent Caboche et ses apprentis. Bientôt ils verront s'élever devant eux sa façade grise et ces fenêtres en ogive qu'on a un jour barrées de planches, non pas contre ce qui y entrerait, mais contre ce qui pourrait en sortir.

Montjeu

Depuis que Rome lui a accordé le privilège de ne dépendre que d'elle-même, l'abbaye Saint-Martin est devenue si riche qu'elle pourrait subvenir aux besoins d'Autun tout entier. La liste des dons qu'elle reçoit ne cesse d'augmenter : les étangs s'ajoutent aux forêts, les droits d'usage aux droits de pêche. On verse à l'abbé des redevances jusqu'aux foires de Saint-Martin et de Chalon, où il touche deux deniers sur chaque cuir à poil vendu ou chaque étalage de panetier. Et il peut prélever chez les sauniers autant de sel qu'on peut lever sur deux doigts d'une main.

L'évêque d'Autun, à qui toute cette richesse échappe, a bien sûr contesté auprès du pape. Mais il n'a rien obtenu, sinon qu'on lui interdise de visiter l'abbaye plus d'une fois pour chaque vie d'abbé, et cela sans pouvoir boire, manger ou dormir sur place. Depuis, il ne peut que poser son regard sur ces murs, tentant d'imaginer la somme des richesses qui affluent là-bas. Et chaque matin, depuis ses appartements, il voit s'épanouir cette bâtisse posée presque sous ses yeux, dans les faubourgs de sa ville, comme un coin dans son pouvoir.

Quelques années plus tôt, le seigneur de Montjeu offrit à l'abbaye quelques arpents de forêt au sud d'Autun sur le coteau et le plateau. Il parla d'un simple hommage rendu à l'abbé, pour couvrir ses besoins en bois de forge et en tonneaux. Mais on apprit que, le même jour, quatre cents livres faisaient le chemin inverse, prêtées secrètement par l'abbaye à la seigneurie de Montjeu. L'évêque d'Autun entendit le message. Partout, on se liguait contre lui et l'abbé venait de poser la main sur les collines au sud.

Très vite, en effet, la colonisation du plateau débuta. À l'abbaye, on décida d'implanter un prieuré, avec autour un village pour trente-cinq hôtes. Pour chaque hostise, il y aurait une terre à cultiver sur le plateau et le droit de couper assez de bois pour bâtir une maison et assurer son chauffage. En échange, chaque hôte devrait participer à la construction du prieuré, étendant la bâtisse de pierre existante pour y installer le prieur qui veillerait au nom de l'abbé sur ce petit monde.

Les Jacotot furent parmi les premiers à se présenter. Ils étaient pleins de force et d'envie, et eurent tôt fait de s'accorder à l'énergie du prieur qu'on avait placé là. Celui-ci ne ménageait pas sa peine. Il assura la distribution des arpents de terre et des emplacements à bâtir. Il participa au défrichage du plateau et aux travaux divers. Il y avait à faire. Et sous son égide, la communauté de la forêt commença sa propre vie.

Dans la plaine, on disait encore Montjeu, mais ils s'étaient donné un nom entre eux. Bellartigues. Ça valait pour les masures de bois qui entouraient le prieuré et la zone défrichée autour. Pour le reste, c'était la forêt, un océan qui les mettait loin de tout, de la ville et du reste. Aucun impôt ne remontait jusqu'à eux, juste une redevance de bois qu'ils devaient envoyer à l'abbé pour ses tonneaux et sa forge. À part ça, Bellartigues vivait pour elle-même. Un eldorado de bois et de grain, niché tout là-haut.

Le temps passait et peu de bois descendait. Bien moins que ce que l'abbaye escomptait. Et le prieur semblait moins prompt à rendre des comptes ou à accueillir les contrôleurs que l'abbé lui envoyait. Il avait ses problèmes : les terres à moissonner, le prieuré à renforcer. Sur le plateau, on avait récolté une première fois, et on se préparait à la seconde. On vivait heureux, mais on était sur un fil et on ne s'y tenait qu'à force de travail. Alors on avait bien assez à faire pour en plus penser à cette plaine dans laquelle coulaient déjà tant de richesses.

Entre-temps, les premiers enfants de Bellartigues étaient nés. Les Jacotot avaient eu une fille, et ils auraient bientôt un fils. Comme les autres, ils ne descendaient jamais. Ils avaient toute une vie à inventer là-haut.

D'en bas, tout ce qu'on voyait d'eux, c'étaient ces fumées qui montaient d'entre les arbres. On entendait les haches, mais on ne voyait jamais le bois. Et cette vie cachée par la forêt alimenta les histoires. Celles d'un royaume fumant de charbonniers et de forestiers qui travaillait désormais pour son propre compte.

Très vite, le prieuré de Montjeu se fit la réputation d'abriter tous les voleurs de bois du pays. Derrière ces rumeurs, il y avait la main de l'évêque d'Autun, bien sûr, qui attisait les jalousies de tous genres, sachant qu'elles s'en iraient rebondir chez son rival, l'abbé. Et celui-ci, déjà bien embêté par ce prieur hors de contrôle, le fut encore plus par cette mauvaise publicité. Il n'y pouvait rien. Seul le prieur conventuel pouvait dessaisir ou remplacer le prieur de Montjeu. Et ce dernier le savait bien.

L'abbé dut donc endurer toutes ces histoires qui lui parvenaient sur des gens qu'il avait lui-même installés là-haut. Et il attendit, sans pouvoir rien faire, jusqu'au jour où un jeune chanoine descendit de l'évêché pour le voir.

C'est Repho qui débarqua ce matin-là à l'abbaye. On l'envoyait pour négocier un point de contrôle et de quarantaine pour les voyageurs en amont d'Autun, à cause de la peste qui touchait le pays au sud, à Mont-Saint-Vincent. Repho apparut chez l'abbé, rougeaud et un peu bouffi, comme un renard de la dernière saison. Il avait encore du feu sur les joues mais l'œil malin et cette astuce paysanne de toujours garder pour soi la moitié de ce qu'on est venu dire.

Il n'eut pas à demander. C'est l'abbé lui-même qui lui offrit le prieuré de Montjeu, y voyant une occasion inespérée de remettre la main sur son prieur, tout en touchant une belle redevance de l'évêque. Au moins pour quelque temps.

Une fois l'accord conclu, l'évêché envoya là-haut quelques-uns de ses gens et, quand ceux de Bellartigues virent apparaître les premiers voyageurs qu'ils devaient garder chez eux, ils comprirent qu'on rabattait sur eux un mauvais vent. La communauté se mit à vivre tout entière tournée vers ce Sud, comprenant qu'il s'y trouvait un mal qui finirait par l'engloutir.

Au lieu de décliner, l'épidémie ne cessait de s'étendre. D'en bas, on envoyait de plus en plus d'hommes pour assurer la quarantaine de ceux qui arrivaient par la route. Et le prieuré devint le centre de tout cela. On ne faisait pas qu'y garder les voyageurs. On y soignait et on y mourait désormais. Tous les jours, des corps en sortaient qu'on enterrait un peu plus loin. Ceux d'en bas, qui autrefois s'étaient servis de Bellartigues comme jouet dans leur rivalité, s'étaient maintenant accordés pour l'abandonner à la peste. Qu'on contienne le mal sur le plateau plutôt que dans la plaine. Et bientôt, les seuls bras qu'on leur envoyait étaient ceux des corbeaux qui venaient pour enterrer les morts.

Les premiers hôtes commencèrent à abandonner Bellartigues au premier mois de l'épidémie. Au troisième, il n'y avait plus personne, sauf quelques-uns, restés avec le prieur, et qui finirent par mourir avec lui, au milieu de ces gens du Sud qu'on avait dérivés ici. Tous les autres étaient descendus à Autun. Et ceux-là, qu'on accusait autrefois d'être des voleurs de bois, se virent soupçonnés d'apporter la peste. On ne les laissa pas entrer en ville et ils s'installèrent à l'extérieur, au pied de la muraille, dans des masures construites avec le peu qu'ils avaient pu emporter.

Le prieuré fut encore utilisé pendant quelque temps comme lazaret, puis on l'abandonna. La peste en avait fait une coquille vide qui, désormais, ne servait plus à rien ni à personne. Et l'abbé, qui n'avait plus de gens là-haut, déserta définitivement les coteaux du sud.

C'était un pas en arrière pour lui, et une victoire pour l'évêque. Repho y gagnerait quelque temps plus tard son poste de grand vicaire et les Jacotot, comme les autres, une maison accrochée au bout du rempart. Désormais, ils vivraient ici, le père, la mère, la fille et le bébé, loin de ce qu'ils avaient construit. Avec le sentiment que leur vie continuait sans eux, quelque part là-haut, pourrissant lentement sous la pluie.

Aujourd'hui, il ne reste rien de Bellartigues. Juste quelques traces au sol et de la terre ameublie par endroits. Les maisons ont disparu, délestées de leurs meilleures pièces de bois. Le reste s'est effondré, retournant à la forêt. Seul le prieuré est resté debout, une machine abandonnée au cours d'une guerre oubliée. On l'a laissé ici, pensant qu'en partant la peste allait peut-être l'emporter avec elle. Et il a continué sa vie, seul parmi les arbres, somnolant dans son coin du monde.

Cet après-midi-là, quand ceux de la battue arrivent devant le vieux bâtiment, aucun n'interroge la présence du boucher et de ses apprentis. Le prieuré s'est dressé devant eux, comme un mauvais présage ressurgi du passé. Et ils se figent, stupéfaits qu'un chemin puisse encore passer par ici.

Leurs yeux s'abîment sur cette tour sévère, avec à ses pieds le corps de pierre endormi et ces percements noirs sur la façade comme des prunelles qui les scrutent. En un instant, tout disparaît : les voix, les rires. Elle est là, à nouveau devant eux, et elle mange tout : la peste, cette horreur qu'ils avaient cru pouvoir oublier ici. Elle s'installe dans leurs esprits, les détournant de ce qu'ils sont venus chercher. La fille, l'ours. Tout s'en va.

Peu à peu, ils s'écartent les uns des autres, comme si le passé les prenait à part personnellement. Certains discutent encore à voix basse de cette rencontre qui n'annonce rien de bon. Mais en majorité ils se taisent, absorbés par le souvenir de ce que la peste leur a pris un jour.

Seuls les enfants courent encore, les plus jeunes, ceux qui n'ont pas connu ça. Certains, rassemblés autour d'un rocher, écoutent les frères Rigaudon qui racontent à qui veut bien l'entendre l'histoire du petit vacher, sous l'œil de Caboche resté un peu plus loin. Ils parlent du matin où ils ont retrouvé Hémo, endormi dans la forêt, et de l'ourse, qui l'a ramené à la vie. Ils racontent son corps qui s'est couvert de poils, affirment qu'il ne peut plus sortir des bois car elle l'a fait renaître et, maintenant, il lui appartient à moitié.

Les autres enfants, penchés sur eux, les écoutent les yeux tout ronds. Ils pensent à cette histoire qu'ils connaissent tous, celle des oursons que leur mère forme dans sa gueule jusqu'à ce qu'ils soient complets. Ils imaginent le corps du petit garçon, toute la nuit entre les mâchoires de l'ourse. Et ils se disent que la bête doit être énorme.

À quelques pas, Caboche s'est levé et les enfants s'éparpillent en riant vers leurs parents. Les groupes silencieux s'ébrouent devant eux, les écartant des mains comme on chasse des taons. Mais ils ne peuvent s'empêcher d'entendre ce que les enfants rapportent, ces mots mélangés qui passent de l'un à l'autre : le petit vacher, la nuit, la gueule de l'ourse et la forêt. Et ils s'énervent contre ces choses absurdes, ces histoires de gamins qu'ils n'écoutent que d'une oreille mais qui les aiguillonnent quand même.

Ils en attrapent un pour le faire taire, en poursuivent un autre. Mais au fond, s'ils s'exaspèrent, c'est parce que le soir tombe et qu'ils n'ont rien trouvé. Ni fille ni ours. Rien qu'une vieille peur qu'ils pensaient éteinte, et qui les fait se sentir à nouveau épuisés et vides.

Ils s'en vont, silencieux. Et, tandis qu'ils descendent vers Autun, ils se retournent de temps en temps vers le prieuré et vers cette peste qui attend son heure, là-haut. Ils sentent que bientôt elle descendra pour les cueillir, quand leur corps sera trop faible pour se défendre, quand tout ce qu'ils endurent depuis si longtemps aura eu raison de leurs dernières forces : la famine, l'ours, les rats et le reste.

Mais la colère qui brûle au fond d'eux, elle ne s'éteindra pas. Même quand ils seront sous terre, elle continuera de les consumer, jusqu'à ce qu'il ne reste rien de leur corps. Et, à la surface du sol, des feux follets sortiront pour faire savoir au monde qu'ici on a laissé mourir un pays tout entier, sans rien faire pour le sauver du mal qui le cernait.

Les Jacotot

Ça n'a duré que trois ou quatre jours avant qu'on l'emmène. Et tout ce temps, la mère Jacotot l'a gardé trop proche, tout collé contre elle. Elle pensait peut-être pouvoir le protéger, en mettant son corps de mère entre lui et le reste. Mais, en fait, elle s'agrippait à lui comme à une branche, à cause du vide qui, déjà, l'appelait sous elle. Elle le tenait contre son corps, contre sa peau qui nécrosait. Et lui, tout ce temps, il est resté contre elle.

Dans sa petite tête, qu'est-ce qu'il pouvait comprendre ? Il était bien trop jeune. Même quand on a emporté le corps, il n'a pas voulu lâcher. Même si la peau était noire tout autour de l'épaule et sur le bras qu'il tenait. Même si tout le reste était déjà froid, blanc et dur, parce qu'ils avaient mis du temps à venir, il s'accrochait à sa mère en pleurant et en criant. Comme si on lui enlevait quelque chose de lui et que c'était encore trop tôt. Il n'avait même pas encore les mots pour le dire.

Eux, ils étaient là, à distance, à le regarder pleurer dans son coin. Père et fille. C'était dur de le voir ainsi, sans pouvoir rien faire. Mais ç'a été plus dur encore après, quand il s'est arrêté de pleurer. Parce qu'il voulait venir avec eux, maintenant, de leur côté de la minuscule masure, et il fallait le faire rester là où il était. Le père Jacotot devait prendre un bâton ou autre chose pour le garder à distance. Et lui, à l'autre bout, le fixait sans comprendre, les yeux embués. Toujours sans un mot.

Puis il avait fini par accepter que chacun devait rester dans son coin. Il ne disait plus rien et eux non plus. Mais ils l'observaient tout le temps. Et plus ils le regardaient, plus il changeait. Ce n'était déjà plus le même, plus leur garçon à eux. Tous étaient sales, à cause de la poussière qui tombait sur la maison depuis le haut du rempart, mais lui était sale de la peste. Et au bout d'un moment, à leurs yeux, il avait fini par devenir la peste elle-même. Une chose toute noire, qui bougeait devant leur nez.

Puis un jour, les sergents sont venus, pour les menacer. Autrement, Jacotot n'aurait jamais voulu. Mais ils sont passés pour leur dire qu'ils mettraient un cadenas sur la porte, avec tout le monde à l'intérieur, s'ils ne sortaient pas les malades. Alors il a bien fallu chasser l'enfant, pour qu'on ne les enferme pas avec lui.

Quand ils ont frappé le lendemain, Jacotot a ouvert. Il s'est approché de son fils, toujours avec le bâton. Mais il n'a pas eu besoin de l'obliger. Il n'a rien eu à faire. L'enfant s'est levé. Il a regardé le bâton, la porte ouverte, et il est allé tout seul vers le soleil dehors, et vers ces sergents qui l'attendaient.

Ils l'ont emmené avec tous les autres, au prieuré. Il est retourné là d'où ils étaient tous partis, quelques mois plus tôt. Quand il y pense, ça lui fait plaisir en un sens, au père Jacotot, de savoir que le petit est allé mourir là-bas, à Bellartigues. Chez eux. Comme une boucle refermée trop tôt, mais qui se refermait quand même.

Pourtant, sur le moment, ils n'ont pas su où il allait. Ils l'ont vu partir, c'est tout. Ils ont repoussé la porte derrière lui et ils sont restés tous les deux, le père et la fille, dans la maison, entre vivants. Ils ont été soulagés de ne plus l'avoir sous les yeux. Certes ils étaient épuisés, mais de ne plus le voir, ça leur rendait quand même la vie plus légère.

Et pourtant, c'est à ce moment-là que le vrai désespoir est apparu. Parce qu'ils étaient encore de ce monde, et que pour les vivants il n'y avait presque rien. C'était difficile de trouver quelque chose à manger, même avec de l'argent. Et eux n'en avaient déjà plus. Ils en avaient donné beaucoup pour acheter de l'orviétan, pour éloigner la maladie. Pour continuer à vivre.

Aujourd'hui, Jacotot se dit que, s'il le fallait, il en rachèterait encore, de l'orviétan. Car du pain, il en manquera toujours. Même deux ans après, il en manque. Épuisés, ils le sont encore. Mais au moins, ils sont vivants, tous les deux, père et fille. Et ils ont appris à vivre comme ça, à se mettre sur leurs jambes et à aller, comme s'ils flottaient dessus. Sans se demander pourquoi. Ils marchent, c'est tout, pour se prouver qu'ils ne sont pas morts.

Lui, tous les jours, il monte sur le coteau alors qu'il faudrait à peine une chiquenaude pour le faire tomber. Il va dans la forêt voir le bois qu'il a caché, ou repérer celui qu'il pourra couper plus tard. Il gratte le tronc des jeunes plants, fait croire au passage des chevreuils, pour voir si les bûcherons s'en inquiètent, avant de revenir plus tard en couper quelques-uns. Il passe son temps parmi les arbres. Lui seul les connaît vraiment. Il est le premier à entendre les frémissements de la vie quand elle revient, à découvrir les rejets d'une souche qui est repartie. Il règne sur un royaume que tous les autres ignorent.

Et quand la forêt l'emmène tout là-haut, il en profite pour s'asseoir face au prieuré. Il reste là, invisible parmi les branches, scrutant la façade du vieux bâtiment abandonné comme si son fils allait bientôt en sortir. Il attend là, des heures, sans qu'il se passe rien. Parfois il tremble parce que la porte s'entrebâille à cause du vent. Mais elle finit toujours par se refermer.

Cet après-midi, alors que tous ceux de la battue sont redescendus, Jacotot est resté seul là-haut. Il s'est installé au milieu des feuillages, face au bâtiment, encore une fois. Autour de lui, tout est paisible. La ramure des arbres s'est remise à chanter. La battue est loin maintenant.

Soudain il se fige car, devant lui, la porte du prieuré s'est entrouverte. Juste un peu, de quoi laisser passer un regard au-dehors. Un œil, puis un autre. Et, comme dans ses rêves, une tête d'enfant déborde de l'interstice.

Jacotot est prêt à bondir, mais il se retient. Il faut laisser l'enfant réapparaître. Il le voit s'avancer à pas de loup, se pencher sur les traces laissées au sol puis s'approcher du bord du coteau. La forêt s'étale à ses pieds, silencieuse. Il semble reprendre confiance.

Jacotot se redresse, sans un bruit. Il fait un pas. Mais une voix le surprend : « À quoi vous jouez tous les deux ? » Et Jacotot se jette au sol.

Caboche est apparu un peu plus loin, comme émané d'entre les arbres. Hémo a fui devant lui, se jetant devant la porte du prieuré, pour en défendre l'accès. Et maintenant, il lui crie : « Je t'en prie, il ne faut rien dire à personne. S'ils savent qu'elle est là, ils voudront la reprendre. »

Caboche s'approche. Devant lui, Hémo supplie encore, cherchant parmi ses mots d'enfant lesquels pourront le convaincre : « Elle peut rester ici, et moi je m'occuperai d'elle. Je viendrai le matin et je redescendrai pour les vaches, je te le promets. Tu peux me faire confiance. »

Caboche ne répond pas. Il repense à ce jour où il l'avait trouvé seul au moulin avec son bœuf. Marie était partie sans rien lui dire, certainement pour qu'il ne la retienne pas. Et sur le chemin du retour, Hémo n'avait rien demandé.

Trois ans plus tard, il le revoit devant lui, sale de la tête aux pieds, avec le même désespoir. Peut-être qu'à l'époque il aurait dû lui parler, lui expliquer, même ce qu'il ne comprenait pas. Mais pour dire quoi ? Que Marie l'avait voulu ainsi ? Qu'elle n'avait pas cru qu'ils pourraient vivre ensemble, tous les trois. Ou qu'il n'avait pas su le lui demander ?

Il regarde l'enfant. Il voudrait s'avancer vers lui, lui dire que c'est fini. Que sa sœur est partie, et qu'elle ne reviendra pas. Il lève le bras. Mais l'enfant recule, fixe sa main d'un œil noir. Dans son regard, Caboche lit une défiance immense. Comme si c'était lui la raison de tous ses malheurs. Depuis le premier jour, au moulin, et pour toujours.

Soudain, Caboche vacille. Il regarde Hémo, prêt à mordre sa main, pense à Annelle qui doit les entendre, cachée à l'intérieur, et qui ne vient pas. Et il s'en va. Il les laisse dans ce mensonge où ils se sont installés et qui marcotte déjà comme un lierre autour du vieux prieuré.

Il ne se retournera pas. Qu'ils fassent ce qu'ils veulent. Il n'est pas leur père après tout.

Chez le grand vicaire

Par la fenêtre, Chasseneuz entend le ressac de la battue qui emplit la ville, et ces gens qui reviennent mélanger leur frustration à la fatigue intranquille d'une journée de foire. Devant lui, le grand vicaire n'en finit plus de parler. Il disserte sans fin, sur lui, sur eux, sur les hommes et la Providence. Chasseneuz ne l'écoute que d'une oreille. Souvent il s'égare, emporté par le bruit saillant d'une bande qui passe ou par la clameur diffuse de la foule. Il rêvasse et le vicaire demande :

« Vous trouvez étrange qu'un vicaire puisse dire tout cela ? »

Chasseneuz secoue la tête, mais en réalité l'autre l'assomme. Il l'a fait venir pour lui raconter à quel point il est indispensable, pensant qu'il irait tout répéter à son évêque. L'avocat sourit devant cette naïveté qui l'amuse. Et le vicaire continue de plus belle.

« Je n'entends pas grand-chose aux questions dans lesquelles vous vous débattez. L'évêque m'a donné la charge de répondre aux problèmes de ce bas monde, et j'avoue que ça me cause bien assez de souci. Tant qu'eux et moi serons sur cette terre, il est certain que nous nous occuperons les uns des autres. Car il n'y a personne d'autre que moi pour s'en occuper aussi bien. »

Un grand bruit est monté de la rue, un vacarme métallique qui se propage jusqu'à eux. Chasseneuz lève un œil. Il regarde par la fenêtre mais ne voit rien. Juste le sommet d'un arbre qui balance au vent. Plus bas pourtant, il entend qu'on s'énerve. Des gens s'échauffent, sans qu'il sache s'ils sont au pied du bâtiment, ou dans la ville basse.

Le vicaire s'est redressé, faisant mine d'aller fermer la fenêtre, puis il se ravise.

« Le voilà, notre problème : tout ce monde, ce bruit autour de nous. C'est ça qui nous occupe. Nous sommes des gens d'Église mais nous avons les pieds dans la terre. Cette partition que vous savez lire, cette harmonie divine qui permet aux hommes et aux bêtes de bien vivre ensemble, nous ne faisons que la ressentir intimement. Par instinct dirais-je, mais pas avec ça. »

Il montre sa tête.

« Mais quand les bêtes et les hommes quittent leur sillon, il nous est dur pour nous d'admettre que nous ne savons pas comment les y ramener. Car nous vivons la même vie qu'eux, faite de petits conflits et de petits arrangements. Et nous avons fini par croire que tout se réglait ainsi. »

Chasseneuz regarde le vicaire afficher cette mine humble que les religieux semblent pouvoir produire sur demande. Sous les fenêtres, on crie plus fort. Une foule s'approche, et des noms émergent du vacarme général.

Le vicaire se penche à nouveau vers l'avocat.

« Écoutez ces gens. Chaque fois que la nécessité s'abat sur eux, ils cherchent une réponse quelque part. Et ils pensent la trouver ici-bas : dans la forêt, dans les champs ou dans les rues. Même entre les griffes d'un ours ! Et comme ils ne trouvent la vérité nulle part, ils se courroucent. Et ils finissent par aller chercher la tête de quelqu'un pour la mettre au bout d'une pique, comme ils l'ont fait à Hesdin avec celle du pauvre Oudard.

« Moi qui baigne dans leurs affaires depuis longtemps, j'ai souvent connu ce courroux-là. À chercher toujours quelque chose contre quoi se fâcher, alors que c'est contre notre orgueil et notre ignorance que nous devrions nous tourner. »

Il se tait un instant, l'air grave.

« Ah, faites que Dieu ait pitié de cet orgueil-là ! »

Devant cette confession du cœur, Chasseneuz sourit, mais son esprit est dehors, avec la foule, sous les fenêtres. Il y a désormais un plus gros tapage. Les gens rient et crient tout en même temps, comme si les sentiments se mêlaient et les empoignaient tous ensemble. Et il entend son nom qu'on jette à la volée parmi plusieurs autres qu'on se plaît à invoquer. Chasseneuz. Caboche. L'évêque.

Le vicaire, qui semble émerger d'un songe, lui sourit à nouveau : « Cette histoire de fille les rend fous. Ils sont allés la chercher, et ils n'ont rien ramené. Et maintenant, ils errent, évidemment. Une colère qui ne saisit pas son objet est toujours brûlante. Elle rend les esprits malléables. Votre ami Caboche a dû s'en apercevoir.

Quand la foule est en colère, les bouchers ne sont jamais loin derrière... »

Chasseneuz a blêmi. Il interroge le vicaire : « Qu'avez-vous dit ? »

L'autre se redresse.

« Rien, pourquoi ?

— Vous avez dit *votre ami* en parlant du boucher. »

Le vicaire le fixe, d'un air candide.

« J'ai eu tort ? Vous êtes liés en affaires, non ? Enfin, c'est ce qu'on raconte. »

L'avocat se défend.

« Nous avons eu affaire, mais il y a longtemps.

— Longtemps ou pas, quelle importance. Ce que les gens retiennent, c'est ça qui compte.

— Je n'aimerais pourtant pas qu'on imagine que nous sommes liés par un quelconque intérêt. »

Devant lui, le vicaire balaye l'air de sa main.

« Que croyez-vous donc ? Qu'on ne parlera pas contre vous ? Derrière chaque rumeur, il y a un profit à prendre. Vous vous êtes fait des ennemis, vous le savez bien. Alors ils useront certainement de quelques excès. Mais à la fin, les choses finissent toujours par retrouver leur vraie taille. »

Chasseneuz hoche la tête sans rien laisser paraître, mais il est plus attentif à ses mots qu'il ne l'a jamais été. Il glisse, l'air de rien : « Et contre quels excès pensez-vous que je devrais me prémunir ? »

L'autre rebondit, amusé par cette candeur soudaine.

« Vous prémunir ? Mais si on écoute la rumeur, on se retrouve à se prémunir de tout. Nous sommes à Autun !

Ici tout est matière à racontars et épouvante. Regardez autour de vous. Vous êtes entouré de ces bouchers qui poussent sans cesse Paris à l'émeute, et de Bourguignons qui complotent sans fin contre la couronne.

« Le pays est en ébullition, et votre tête est ressortie au milieu de ce tableau-là ! Alors, que voulez-vous, on jettera votre nom ici ou là, pour le mettre à l'avant de n'importe quelle agitation. C'est inévitable. Imaginez donc ! L'avocat et l'écorcheur main dans la main, allant au-devant d'Autun en feu. Voilà une belle image ! Une de celles qui peuvent parcourir des lieues et des lieues, vous ne trouvez pas ? »

Il mouline des bras devant Chasseneuz, interdit.

« Par contre, si vous comptez sur les mots pour vous défendre, alors là, vous pouvez attendre. Où sont-ils, ces mots qui plaideront un jour pour vous ? À Dijon ? Non. À Paris encore moins. De là-bas, on ne perçoit que le bruit du désordre, croyez-moi. »

Le vicaire fixe l'avocat, rendu perplexe par tout ce qu'il vient d'entendre. Sous eux, la foule crie. Son tumulte fait trembler un peu plus Chasseneuz qui peine à cacher son trouble. Son nom résonne à nouveau en bas, et le vicaire lève un doigt.

« Vous entendez ? Encore elle. La rumeur, je vous dis. Inarrêtable. Autant vouloir empêcher une rivière de couler vers le bas. »

Le vieil homme se met à rire, mais quand l'avocat veut se lever pour aller voir, il le retient du bras.

« Rassurez-vous. Les cris de la foule s'atténuent avec le temps. Et les choses finissent toujours par retrouver leur place. N'oubliez pas ce que vous êtes venus faire ici. C'est votre talent de savoir dire le droit, sans vous soucier de ce qu'en dira le monde. Et c'est notre responsabilité de protéger vos talents contre ce monde-là. On ne peut pas chasser les mots des têtes mais on peut au moins les chasser des rues. »

La fin de sa phrase a été emportée par le bruit sourd d'un coup porté contre la porte ou autre chose, juste sous eux. L'avocat a sursauté, jetant un regard pressé vers la fenêtre. Et quand il revient au vicaire, les yeux de l'autre le sondent, comme s'il n'avait rien entendu de tout cela et ne s'inquiétait que de lui.

Chasseneuz tente de retrouver le fil de ses pensées. En haut de son costume noir, sa figure apparaît un peu plus blanche, et son œil inquiet parcourt le décor, comme si toutes ces choses qu'il pensait tenir à sa main s'étaient remises à danser autour de lui. Chasseneuz prend un moment puis se tourne à nouveau vers le vicaire, pensant bon de justifier son trouble.

« Vous savez qu'en vérité ma propre personne m'importe peu. Mais devant tout cela, je crois tout de même devoir m'inquiéter. » L'avocat se replace sur son siège, tentant de retrouver un peu d'aplomb. « Oui, je m'interroge. À cause de ce que j'entends ce soir. Je m'inquiète que mon nom, et surtout le procès à travers lui, soit associé à tout ce tapage. »

Le vicaire écarte tout cela d'un geste : « C'est simplement de l'agitation, entretenue par des gens ivres pour moitié. Je m'en veux d'avoir plaisanté avec cela. Enlevez-vous cela de l'esprit, puisque Dieu a voulu que ce soit à nous et pas à vous de vous en soucier. »

Mais Chasseneuz se penche un peu plus vers lui, l'air anxieux, comme s'il était soudain très inquiet de tout bien lui faire comprendre.

« Pourtant j'insiste. Non pas par souci de la rumeur ou du bruit. Mais parce que je trouve inquiétant que le droit canon soit ainsi méconnu dans son utilité par une grande partie de la population. »

Le vicaire feint de ne pas comprendre. « Ce qu'ils peuvent dire, en quoi cela compte ? Ce ne sont que des hommes, à qui beaucoup de choses échappent. Vous l'avez dit vous-même. »

Chasseneuz le reprend immédiatement, agacé que cet esprit brut ne saisisse pas la nuance nouvelle qu'il cherche à lui faire voir. Et il s'empourpre un peu.

« En tant qu'avocat, je l'ai dit, mon souci a toujours été que nous ne cédions rien à cette fureur-là. Mais en tant que jurisconsulte, je me dois de tendre l'oreille aux échos de la terre car, sous cet habit-là, c'est le droit qui m'importe, et le respect qu'on lui doit. Et je m'inquiète qu'on puisse laisser penser à tous ces gens que le droit va contre eux, qu'il puisse ainsi les jeter dans le trouble et la colère.

— Vraiment ?

— Oui. Croyez-moi, la disposition des esprits peut faire à la sentence d'un tribunal bien des choses, en mal ou en bien, qu'il ne pourra jamais leur commander. Or, maintenant que la cause est avancée, il serait bien inconséquent de l'offrir en pâture à un tel chaos, sans avoir réfléchi à l'entourer d'un peu de concorde. Nous serions coupables de ne pas apaiser ce qui peut l'être, afin que la décision qui viendra bientôt soit favorablement reçue de tous.

Le vicaire reste pensif, et Chasseneuz prend le vieil homme à témoin : « Car, pour le reste, tout a été dit, et tout est déjà presque écrit. Ce n'est maintenant que détails et questions de procédure. Rien qui ne puisse s'accélérer un peu d'ailleurs, s'il est question de rassurer les gens. »

En face, le vicaire s'est rejeté en arrière sur son fauteuil. Il ouvre un œil un peu plus grand, se touche le menton.

« Je ne nous savais pas si proches d'une décision », et avant même que l'avocat réagisse il lève une main vers lui : « Mais comme je vous l'ai dit, je n'entends rien aux choses du droit. » Chasseneuz l'absout d'un sourire indulgent.

L'autre reprend : « Si vous dites que telle est notre situation, je comprends mieux votre souci, et je le trouve légitime.

« Pour ce qui est du trouble, on peut toujours mettre de l'eau là où il faut. Non pas pour éteindre la flamme, mais au moins pour calmer ceux qui l'entretiennent. Faire que certains voient leur profit dans la décision que vous allez rendre. »

Chasseneuz lui glisse avec une fausse déférence : « Vous connaissez ce pays bien mieux qu'un autre, et s'il y a une concorde à trouver vous êtes le seul qui puisse en être le maître d'œuvre. »

L'autre accueille le compliment d'un haussement d'épaules.

« Je le peux, certes, pourvu qu'on me laisse organiser les choses. Laissez-moi faire. Et ne parlez de tout ça à personne. Encore moins à l'évêque. Les murs résonnent et les oreilles sont nombreuses. Je lui ferai part en temps voulu de vos soucis, et du fait qu'ils sont aussi les nôtres, et, je vous l'assure, sous peu, c'est lui qui viendra à vous. »

Chasseneuz sourit. Comme si c'était à lui de distribuer les lauriers, il dit : « Soit, je me tairai le temps qu'il faudra. Mais un jour viendra où l'on ne m'empêchera pas de dire à l'évêque tout le bien que vous faites ici. »

Et devant lui, l'autre accueille la louange avec l'humilité du bon travailleur qui n'ose croire à l'intérêt qu'on lui porte.

« Si, en plus, je donne l'occasion à un orateur comme vous de parler en bien d'un homme comme moi, c'est bien plus que je ne pouvais souhaiter. »

Les jambes

Dans les jours suivants, on a vu les foules de la Saint-Ladre s'échauffer, souvent sans raison apparente. Et on a vu certaines gens de la campagne continuer à battre la forêt, évitant soigneusement le prieuré, comme un trou dans la carte.

Et tous les jours, Hémo a plongé dans cette lacune-là. Chaque matin, il s'est enfoncé dans la forêt, disparaissant sous les yeux ébahis des Rigaudon qui n'ont jamais été aussi certains de voir en lui le fils de l'ourse. Il a couru sur le chemin qui montait vers Annelle, heureux comme s'il allait vers un endroit qu'ils avaient réussi à soutirer au reste de la terre. Et il la trouvait assise devant le prieuré, souriante parce qu'elle l'avait déjà entendu, rapportant son rire d'en bas. Et parce qu'il la dérobait pour un instant à ses pensées.

Chaque jour, ils s'asseyaient l'un contre l'autre et déjeunaient ensemble. Il la regardait intensément, se collant à elle pour qu'elle l'abreuve de caresses qu'elle faisait sans y penser, passant sa main dans son dos et dans ses cheveux.

Le malheur pour lui, c'était de devoir quitter cet endroit, car il avait l'impression qu'il y avait ici tout ce qu'il pourrait vouloir. Le vert tilleul, l'ombre et le soleil, le ruisseau, et Annelle. Et juste derrière, le plateau, les grandes herbes, le vent et la floraison.

Son malheur à elle, c'était de devoir rester là. Et, chaque jour, elle devenait un peu plus muette, un léger sourire aux lèvres mais les yeux toujours ailleurs. Comme si elle ne pouvait s'empêcher de regarder vers ce moment où il finirait par partir et la laisserait seule.

Elle l'avait finalement trouvé, cet endroit où l'on pourrait l'oublier. Elle était devenue une ombre, et c'est ce qu'elle avait voulu, après tout. Mais elle avait si bien disparu aux yeux du monde que, parfois, elle n'était plus sûre de se voir encore elle-même.

Durant ces jours-là, on a aussi vu le vicaire s'activer partout dans la ville haute. On l'a vu à l'économat, au cadastre, chez l'official ou le chancelier, on l'a vu aller à la rencontre des syndicats de cultivateurs, recevoir des gens chez l'évêque et sortir tard de ses appartements.

On l'a vu avec tout le monde, calmant les uns grâce aux promesses obtenues chez les autres, monnayant ici des contreparties pour les proposer ailleurs. Partout il a laissé entendre, sans jamais le dire, qu'entre ses mains l'intérêt de chacun servirait bientôt le bonheur de tous.

Et ce soir, il descend la rue sans se sentir fatigué de l'énergie dépensée ces derniers jours. Au contraire, il avance avec cette conviction intime et doucement euphorique d'être devenu le centre discret où se joue l'harmonie du monde. Il parcourt les ruelles, inaperçu et bienheureux, comme le génie domestique qui œuvre au bonheur de tout ce qui vit derrière les murs. Il frôle les maisons, il entend à l'intérieur les voix, et il lui semble comprendre instinctivement ce qui s'y joue. Dans les discussions entre maris et femmes, les cris d'un nourrisson ou la rumeur des animaux. Il passe le long des façades, la main contre les murs, comme s'il venait pour suspendre les inquiétudes et apporter le repos.

Il arrive devant une porte, et frappe. On ne répond pas. Il frappe encore et il crie : « J'apporte des choses pour vous, Caboche. »

Et Caboche, qui lui ouvre sa porte, le regarde entrer sans rien dire. Le vicaire s'approche de la table, prend une chaise et s'assoit dans l'atelier comme s'il était chez lui.

« Vous avez vu dehors ? Il y a des gens partout dans les rues, prêts à tout. Remerciez-les car, grâce à eux, l'évêque vous a entendu. »

Caboche s'approche : « Je n'ai rien demandé.

— Eh bien disons que la colère a parlé pour vous. Qu'il y a eu des gens pour la traduire dans votre sens. »

Caboche le regarde d'un œil méfiant. Le vicaire sourit :

« Allons Caboche. Vous ne voulez pas savoir ce que je vous amène ?

— Vous venez me rendre la jouissance de mes prés ? »

Et le vicaire, toujours amusé, fait mine de s'emporter.

« Encore cette histoire de vaine pâture. Arrêtez avec cela, vous allez me faire repartir ! »

Il lève un doigt.

« Des terres, en revanche, il y en a trop, n'est-ce pas ? Alors, si vous le vouliez, il y en aurait bien pour vous. »

L'autre se redresse.

« L'évêque me donne raison ?

— Mieux que ça : il vous donne des terres nouvelles. C'est ce que vous vouliez, non ? Bientôt, elles seront juste devant vous. Vous n'aurez qu'à vous baisser et tendre la main. C'est ça que je suis venu vous dire. »

Il inspire. « Mais l'évêché ne vous reconnaît le paiement d'aucune dette. Ce qui vous est laissé, c'est vous qui le prendrez. »

L'échaudoir se remplit d'un long silence. Caboche ne répond pas. Il comprend que le vicaire n'est pas venu pour lui rendre ce qui lui appartient, pour le libérer de la vaine pâture. Il est venu pour lui donner autre chose. Et qu'en échange de cette chose-là on puisse dire qu'il en a trop pris.

Le vieux vicaire s'est approché, comme s'il lisait par transparence ce qui se disait au fond de lui.

« Ce sont des terres libres, Caboche. Vous ne les volerez à personne, sinon à de mauvaises cultures. »

Mais Caboche sait que c'est faux. Ce que le boucher prend, il en privera toujours les autres. Et si ce n'est à personne, alors c'est à tout le monde qu'il le vole.

Le vicaire est là pour ça. Pour le livrer, lui, à la colère des gens. Qu'ils puissent lever les yeux et la voir toujours sur lui, la marque du soupçon. Qu'on le regarde lui, plutôt qu'un autre.

Il se redresse : « Et si je prends ces terres, quel est le prix que je devrai payer et que je ne connais pas encore ? »

Le vicaire s'est arrêté de sourire. Il se penche vers le boucher.

« Voyons Caboche. Vous n'êtes plus un enfant. Que croyez-vous ? Qu'ils vous aimeront un jour ? Qu'ils cesseront de vous haïr parce que vous refusez d'être celui qu'ils détestent ? Cette haine, elle ne vous appartient pas, pas plus à vous qu'à eux.

« L'arbre accusera toujours le cueilleur de lui voler ses fruits. Il l'accusera toujours d'en prendre trop pour lui, de lui manger la vie sur le dos. Il l'accuse sans penser que, sans lui, les fruits tomberaient et pourriraient au sol.

« Les gens ne vous rendront jamais grâce de rien, Caboche. Mais ils ont besoin de vous. Leur colère a donné et ses fruits sont trop encombrants pour eux. Si vous ne les prenez pas, il n'y aura personne d'autre pour le faire. Vous n'aurez rien gagné, et eux non plus.

« Il faut bien que toute cette fureur serve à quelque chose après tout. Avec ces terres, vous aurez de quoi vous élever. Construire quelque chose. Un élevage, une fortune peut-être. »

Caboche baisse la tête.

« Qu'est-ce que j'aurais à construire sur la haine de tout le monde ? »

Le vicaire ne répond pas. Il met une main sur l'épaule de Caboche, s'appuie sur lui et se relève lentement : « La haine ne porte pas si loin que vous le pensez. Être détesté ici n'empêche pas d'être respectable ailleurs. Voilà ce qu'apporte la fortune. Elle donne des jambes. Là où les paysans d'ici ont les deux pieds plantés toute leur vie dans la même terre, vous, vous aurez des jambes, Caboche. Pour aller vous faire admirer ailleurs. »

Le vieil homme sort sans un mot de plus. Il laisse Caboche à son atelier sombre et s'éloigne dans la nuit.

Dans la pente, la fatigue le saisit. Elle tombe sur lui d'un coup et le fait suer d'une sueur froide et étrange. Le vicaire tremble de tout son corps.

Une fois à l'évêché, il traverse les grands couloirs sans s'arrêter ni saluer personne. Il pousse la porte de son logement et s'assoit, juste à l'entrée, sur ce fauteuil qu'il a fait installer là. Plus loin sur sa droite, il y a sa chambre, et ce lit au fond qu'il n'a plus ouvert depuis des années. Il dort ici, dans ce vestibule, devant le portrait d'un homme entre deux âges, aux traits tendus et pourtant arrondis par les années. Et, ce soir, c'est encore là que le sommeil le trouvera : assis, les yeux perdus sur ce visage inconnu qu'il a fait accrocher ici parce qu'il trouvait qu'il lui ressemblait.

Qu'ils s'en aillent

La foule se tient devant l'officialité. Ils sont venus pour les voir payer enfin, tous ces rats par qui le malheur arrive. Qu'ils payent pour la famine, et la peste qui vient juste après, entrant par la fenêtre qu'elle a laissée ouverte derrière elle. Ils sont venus de loin. De Tavernay et Monthelon. Ils ont traversé le pays et remonté toute la pente jusqu'à l'évêché. Même épuisés, ils y ont l'énergie qu'il faut pour les voir maudits.

Devant l'officialité, ils attendent, serrés les uns contre les autres. Ils espèrent, tous ensemble parcourus des mêmes frissons, vibrant quand la grande porte du bâtiment s'ouvre et soupirant quand ils comprennent que ce n'est qu'un chanoine qui en sort. Ils attendent et, quand il apparaît enfin, ils tombent dans la même extase, un flot d'énergie les soulève à la seule vue de sa robe luisante d'avocat.

Sa stature paraît plus haute que jamais. Soudain, on aimerait l'entendre encore nous dire ces histoires qui nous perdent, qu'il nous emmène encore un peu. Parce que aujourd'hui c'est la fin.

Peu à peu, l'official, le vicaire, les juges. Tous se sont placés à côté de Chasseneuz. Ces habits, ces étoffes noires sur l'estrade, ça fait comme un rempart magnifique qui se dresse et derrière lequel on ne craint rien. Ils en ont mis du temps à se mettre ainsi, les uns à côté des autres. Mais quelle belle harmonie ! Maintenant, il faut qu'ils parlent. Que les mots soient dits, qu'ils s'alignent tout autour et les protègent.

L'official s'avance et le silence se fait.

« Le 25 avril de cette année, les syndics de Tavernay, de Saint-Forgeot et Monthelon se sont pourvus auprès de l'officialité d'Autun, et ont engagé une contestation en forme contre l'infestation de leurs champs par les rats.

« Le 6 mai, un premier jugement interlocutoire a diligenté sur place des experts qui ont pu établir la nature des dommages en présence des parties.

« Par la suite, j'ai pu moi-même prendre connaissance, au nom de l'évêque d'Autun, des plaidoiries des plaignants et des défendants, par le biais de leurs représentants, le procureur Hervé Salmon ayant prêté son ministère aux syndics de laboureurs, et l'avocat Barthélemy de Chasseneuz ayant prêté le sien aux bêtes.

« Et, après discussions contradictoires tenues au sein de l'officialité, le tribunal a rendu l'ordonnance que voici. »

Il marque un silence, sans un regard pour la foule.

« Le tribunal a voulu tout d'abord rappeler que Dieu, auteur suprême de ce qui existe, a permis que la terre produise des fruits et des végétaux, *animas vegetativas*, non seulement afin de nourrir les hommes, créatures raisonnables, mais également pour la conservation de toutes les bêtes qui vont à la surface du sol.

« Il ne peut donc être reproché aux rats, ni à aucune chose de ce monde, d'agir selon la loi naturelle qui les fait se porter sur les objets qui leur conviennent.

« Le tribunal rappelle également que si Dieu a accordé aux hommes le droit de semer et celui de moissonner, c'est non pas pour qu'ils se réclament de ce droit exclusif mais pour qu'ils puissent L'en louer, et Le prier de bien vouloir guider les autres bêtes vers d'autres terres sans qu'elles leur fassent concurrence. *Ecce dedi vobis omnem herbam afferentem semen super terram, et cunctis animantibus terræ, ut habeant ad vescendum.*

« Ainsi, si les bêtes font un jour obstruction à la jouissance par l'homme des fruits de la terre, c'est que Dieu les y a appelées pour avertir l'homme de ses péchés.

« En l'espèce donc, le tribunal ne retient contre les rats aucun caractère de malignité. Et il juge qu'il ne peut leur être demandé de quitter les champs sans que les hommes aient auparavant fait pénitence pour ces péchés dont Dieu a voulu les avertir à travers eux. Qu'ils expient et le prient de les prendre en pitié pour leurs fautes. Car seule la Providence est en mesure d'arrêter la fureur désordonnée, *inordinato furori*, où elle a jeté les bêtes déprédatrices.

« En outre, le tribunal juge qu'il ne peut être demandé à aucune créature de Dieu de quitter la terre qui la nourrit sans possibilité de survivance par ailleurs. Eu égard à leur nature faible, et à leur absence de raison, c'est compromettre injustement les rats, et les mettre en grand danger, que de les chasser sans contrepartie. Le tribunal a donc jugé qu'ils ne pourraient quitter les terres qu'ils infestent sans qu'il leur ait été offert d'autres terres, à concurrence de celles qu'ils perdent, en qualité et en surface. »

Un nouveau bruissement parcourt la foule, mais d'inquiétude cette fois-ci. Et l'official reprend :

« Pour cette raison, et en gage de contrition auprès de Dieu, l'évêché d'Autun et l'abbaye Saint-Martin proposent d'offrir aux rats les terres attachées à l'ancien prieuré de Montjeu et laissées en l'état depuis. Une terre libre qui donnera aux bêtes un asile, en compensation de celles qu'elles auront à quitter. Elles pourront ainsi s'établir à bonne distance de la ville et des cultures, par-delà la colline qui domine le hameau Couhard, sans prendre aux hommes le bénéfice d'une terre déjà cultivée. »

Dans l'assemblée, on applaudit, on rit et on remercie l'évêque et l'abbé pour leurs bonnes grâces. Et la rangée d'hommes bedonnants qui se tient derrière l'official attrape pour elle un peu de cette reconnaissance.

« Par ailleurs, le tribunal ayant pris acte de l'incapacité des rats à assurer eux-mêmes l'entretien de ces terres, il sera signé un bail à cheptel avec Jean Mortagne, autrement surnommé Caboche, afin d'en assurer le défrichage nécessaire.

« Il lui sera donné l'autorisation de faire paître ses bêtes, à concurrence de la moitié des bénéfices qui reviendront à l'abbaye, en réparation de la perte qu'elle consent en abandonnant ces terres aux rats.

« Mais il lui est concédé l'usage de cette terre et le droit de l'enclore à la seule condition qu'il la partage avec les rats, qu'il entretienne et défriche ce qui doit l'être, et qu'il étende la pâture sur la forêt, dans une limite convenue par contrat. Et ce afin de garder ces terres assez grandes pour que bêtes et rats ne se causent pas de tort, qu'elles puissent s'y établir durablement, et se maintenir à l'écart des cultures et de la ville. »

À l'évocation du boucher, on s'est d'abord raidi. Mais désormais on s'apaise. Il voulait régner, après tout, alors qu'il règne. Quelqu'un crie : « Bravo Caboche, tu es le roi des rats. » L'assemblée rit. Et l'official continue :

« En échange de quoi, le droit de vaine pâture est réaffirmé sur l'ensemble des terres en deçà de la colline sans qu'il puisse nulle part être contesté. La grande pâture de Brisecou sera rétablie comme les autres dans cette obligation, le sieur Caboche s'engageant à retirer les barrières qu'il a édifiées, afin que les bêtes de chacun puissent y circuler et y séjourner à leur gré, à compter des moissons. »

On applaudit de plus belle.

« Des lettres monitoires ont d'ores et déjà été émises et il sera fait demain ainsi que les deux journées suivantes trois processions rogatoires et expiatoires auxquelles chaque famille autunoise devra présenter deux membres.

« Chaque procession ira autour des terres infestées, pour y faire lecture aux rats de l'ordonnance rendue par le tribunal, et afin que soient chantés le *Veni Creator Spiritus*, le verset *Emitte Spiritum tuum et creabuntur*, et l'oraison *Deus qui corda fidelium*. Seront dits ensuite les sept psaumes de la pénitence et les litanies, afin que chacun puisse se tourner vers Dieu et faire devant Lui acte de contrition sincère, *ex loto et puro corde*.

« Enfin, une messe sera dite pour chaque jour, en l'honneur du Saint-Esprit, de la Sainte Vierge Marie et de saint Lazare, saint patron d'Autun. Et les gens d'Autun devront faire résolution de vivre désormais selon la justice et la charité, et de payer les dîmes qu'ils doivent à la Sainte Église, afin que cesse ce mal que Dieu a envoyé pour nous punir.

« Une fois lus les monitoires, ils deviendront incontestables. Et tous sur cette terre, hommes ou rats, devront observer cette décision qui a été rendue selon les préceptes du droit canon, sans quoi ils s'exposeraient aux foudres de l'excommunication et d'une perpétuelle malédiction, sans délai ni recours. »

Sur ces mots, l'official se tait et, à ses pieds, la foule bascule dans la joie. Oui, ils feront tout cela, les processions, les contritions et les dévotions. Ils feront tout ce qu'on leur demande et ce qui doit être fait. Car enfin ils auront Dieu pour eux. Après toutes ces souffrances et tous ces fléaux, tout rentrera dans l'ordre qu'Il a voulu.

Et ça leur donne une irrésistible envie de faire entendre leur voix pour chanter et rire avant de Le louer. De partout, on entend des cris de joie. Les mâchoires squelettiques s'ouvrent pour faire sortir les sons les plus divers, les têtes se balancent et les yeux roulent dans leurs orbites creusées. Tous les organes dansent à la fête, sous l'œil gourmand des hommes d'Église.

Dijon

Le lendemain, le bon peuple d'Autun suit la procession rogatoire qui va faire le tour des champs. Certains chantent, et d'autres prient déjà. En tête de cortège, un jeune clerc répète ce que Chasseneuz a bien voulu lui écrire sur un papier : « Rats, limaces, chenilles et vous tous, animaux immondes qui détruisez les récoltes de nos frères, sortez des cantons que vous infestez et réfugiez-vous dans ceux où vous ne pouvez nuire à personne. »

Sur la route plus loin, deux hommes les suivent. Ils regardent la procession s'enfoncer dans la campagne tandis qu'ils bifurquent sur un chemin qui s'en retourne à la ville.

« Alors, Monsieur Chasseneuz. Entrez-vous bien dans ces nouveaux habits auxquels on vous destine ? On dit que les gens de Dijon sont très portés sur la chose. Depuis que le parlement s'est installé là-bas, tous les conseillers sont confrontés à la question. Après tout, ce ne sont que de vieux Bourguignons qu'on sort tout juste de leur campagne pour les mettre en ville. Il suffit de les regarder. Trop de vert, de bleu, des couleurs criardes qui font riches. Et jamais de noir ! Pourtant, le noir, quand le tissu luit juste un peu, voilà qui est beau, vous ne trouvez pas ? »

Chasseneuz répond poliment au vicaire : « Je n'ai pas eu le temps de m'y intéresser. Pas encore du moins. » Et il pointe sur le cou du religieux une jolie collerette sombre en soie, bordée d'un liseré blanc : « Mais vous, dites-moi, vous portez bien aujourd'hui. »

L'autre sourit aussitôt : « Oh, ce n'est rien de très extraordinaire. Je suis un vieil homme dont les habitudes sont les seules fantaisies. Passé un âge, on s'y attache, vous savez. » Il touche sa nouvelle collerette pour s'assurer qu'elle est bien mise.

Chasseneuz regarde ce petit homme qu'il aime décidément bien et cette campagne autour de lui. Il goûte enfin l'harmonie de ce monde-là, maintenant qu'il doit le quitter pour cette place que l'évêque lui a obtenue au parlement de Dijon. Et il se tait un instant en réfléchissant à tout ce qu'il perd.

Mais le vicaire, croyant voir de l'ennui dans ce silence, se sent pris d'un remords soudain, comme s'il découvrait entre lui et l'avocat une différence de hauteur qu'il n'avait pas décelée. Et il glisse comme excuse : « Je vous parle d'habits, de futilités. Je suis trop bavard. En plus, vous savez tout cela mieux que moi. Vous êtes jeune et vous avez été en Italie. Moi, je ne suis qu'un vieil Autunois qui ne connaît rien de ce monde-là. »

Chasseneuz fait mine de l'en défendre : « Pas du tout. » Et il le regarde d'un air amical que l'autre sonde un instant avant de se remettre à parler, rassuré. Et ensemble, ils continuent à marcher, passant devant le hameau d'Échamp puis celui des Écombarts, faisant des détours exprès pour prolonger leur déambulation au soleil.

Plus loin, Caboche remonte le chemin de Brisecou, celui qui mène à sa pâture. Tout autour de lui, il y a ces champs et ces gens accrochés à eux, qui se retournent sur son passage. Ceux-là, ils ne l'oublieront pas, c'est certain. Tant qu'ils seront ici, ils diront « voilà Caboche, voilà l'écorcheur ».

Mais au bout de ce chemin, par-delà la forêt, tout là-haut, il y a ces terres qu'on lui promet. Et demain, des choses qu'on peut seulement imaginer : des prés et des bêtes partout, de belles bêtes de boucherie au corps épais et au pelage brun. Et d'autres gens, d'autres horizons, qui viendront se masser pour les voir.

Ces gens-là, il les voit au bord de son chemin, aussi clairement que les laboureurs aujourd'hui. Eux aussi chuchotent à son passage. Mais ils ne l'appellent pas Caboche. Ils disent : « Voilà Jean Mortagne, voici l'éleveur. » Et ils s'écartent pour le laisser passer, car derrière lui il y a cet immense troupeau qu'il fait entrer dans le grand marché de Dijon.

Caboche sourit béatement. Il y a quelque chose de merveilleux dans ce nom-là. *Jean Mortagne*. C'est comme s'il découvrait dans son propre nom un revers qu'il ne connaissait pas, avec brodé dessus des motifs fabuleux. Une maison bourgeoise, dans le quartier Saint-Bénigne, près de la basilique de Dijon. Une maison à plusieurs étages, une famille qui y vit, la sienne. Et tous les murmures autour de lui ne bruissent désormais que de ça.

Caboche longe un ruisseau, suit le fil de l'eau et entre dans l'ombre délicieuse de la forêt. Elle a gardé pour lui un peu de la fraîcheur de la nuit. L'humidité des branches mouille ses vêtements, ses bras et ses mains. Mais il ne sent rien. Il marche, tel un rêveur entre les rossignols qui s'égosillent et aiguillonnent de leurs chants la torpeur autour de lui. Le ruisseau s'enfonce toujours plus, et Caboche le suit comme s'il remontait le fil de son propre songe. Devant lui, l'eau rebondit, d'un rocher sur l'autre. Elle disparaît puis rejaillit un peu plus loin, toute blanchie. Elle circule au pied des troncs, et son murmure emplit le silence autour d'eux.

Caboche avance au milieu d'un grand amour, un amour neuf, inépuisable, qui harmonise tout : le chant silencieux des arbres qui descend en nappes, le bref staccato du cincle qui plonge sous la surface de l'eau, et le battement régulier de son pas à lui. Ils baignent dans une même musique qui les relie tous. Et lui remonte lentement le long de ce courant-là, vers la source, vers le plateau derrière le prieuré. C'est la vie elle-même qui l'attend là-haut, dans cette grande clairière ensoleillée. Et sur son chemin, il va pour les prendre, Annelle et Hémo, pour les amener avec lui. Il va pour leur faire entrevoir un peu de cette vie à venir. Une vie pour eux aussi, s'ils le veulent.

Autour de lui, la chaleur s'installe doucement et Caboche hâte le pas. Devant lui, il aperçoit le bout de la pente, la ligne haute du coteau qui barre en transparence le feuillage des arbres. Il grimpe le dernier raidillon, et devant lui le relief s'aplatit enfin. La silhouette du prieuré surgit. La façade de pierre, presque en contre-jour à cause de la lumière qui inonde le ciel en arrière.

Caboche s'approche d'une des fenêtres barrées, et il crie : « Annelle, Hémo, sortez. »

Mais aucune réponse ne lui revient. Il s'approche d'une fenêtre, et entend un chuchotement à l'intérieur. Il les appelle à nouveau : « Je viens pour vous ramener. »

Le chuchotement s'arrête. Il se penche, regarde à travers la jointure des planches mises en travers. Dans la pénombre, il voit les deux enfants. Une ombre penchée sur l'autre. Ils discutent.

Caboche dit doucement : « C'est fini. Vous pouvez venir. »

Mais les deux ombres ne bougent pas.

Caboche fait le tour du prieuré par la droite, vers cette porte qu'il a repoussée derrière eux, quelque temps plus tôt. Mais il ne l'ouvre pas, car il a vu la lumière, au bout du mur. Il dépasse le prieuré, pour aller voir ses terres, embrasser de ses yeux le plateau au soleil. Il entre dans la grande clairière de Montjeu, foule de ses pieds les herbes jaunes. Il est seul dans la lande parsemée de jeunes arbres venus coloniser cette terre abandonnée. Il arrive ici comme le premier homme, au milieu des cardères mêlées d'orge sauvage et de blé, toutes ces années de cultures mélangées et ressemées en désordre, oubliant ceux de Bellartigues qui, un jour, les ont amenées ici.

Tout est jaune, mûri et parfois séché. Et Caboche ne tient plus à l'idée de voir cette plaine brunir à l'automne, blanchir puis reverdir. Il ne tient plus à l'idée de se voir au milieu, pensant à ce qu'il pourra défricher, à ce qu'il enlèvera à la forêt et ce qu'il rendra à la lumière. Il y a du travail, certes, mais il voudrait commencer déjà.

Et tandis qu'il rêve à tout cela, on lui prend la main. De derrière, on l'attrape. Il se retourne et Hémo est là, dans les herbes montantes, minuscule au milieu. Il demande.

« Tu es venue pour elle ? »

Caboche lui sourit : « Je viens pour vous ramener. »

L'enfant n'a pas semblé l'entendre. Il le regarde sans rien dire, pendant un instant. Puis il le tire par la main, toujours silencieux. Il l'entraîne vers le prieuré, et Caboche le suit jusqu'à la porte entrouverte.

Avant d'entrer, Hémo se retourne. Il lui dit « Viens », comme s'il craignait qu'il n'entre pas. Il ajoute : « C'est comme au moulin, tu vas voir. »

Ils ouvrent la porte et entrent avec le soleil. Puis la porte se referme. Caboche n'a eu le temps que de voir Hémo se retourner vers lui et dire chut, un doigt lui barrant la bouche. Il sent sa petite main dans la sienne, qui le tire dans l'air plus frais de l'intérieur, dans le léger parfum rance du vide autour d'eux.

Peu à peu, ses yeux s'habituent à l'ombre et il aperçoit Annelle au fond, à cause de sa robe qui se détache, plus claire, sur les murs derrière. Une tache flottant dans la pénombre. Elle est assise, tranquille, sur une chaise ou autre chose. Du dessus, depuis les stries d'une fenêtre, une fine lumière perce et retombe en poussière sur sa tête et ses épaules. Elle porte un voile.

Hémo murmure : « Elle est là », et Caboche jette un nouveau regard vers Annelle. Sous le voile, le contour de son corps apparaît, la dentelle plus claire dessinant sa taille en contrepoint de l'ombre.

Il manque de basculer, à cause d'un trou au sol, et se rattrape sur Hémo. L'enfant se retourne. Caboche sent son visage tout proche, voit son œil blanc, interrogatif : « Tu la vois ? »

Caboche hoche la tête. Devant lui, Annelle ne dit toujours rien. Elle a posé son bras en travers de ses cuisses. Sa main dépasse, luisante dans le noir comme une chose précieuse. Et lui regarde cette peau diaphane qui l'appelle, toute proche. Il hésite puis la prend entre ses doigts. Délicatement. Sans oser la saisir en entier. Et il sursaute quand il sent combien elle est froide.

Il voit, à la base du poignet, une petite tache noire qui semble avoir coulé sur la peau blanche par-dessous la dentelle. Et il lâche subitement le bras qui reste suspendu devant lui.

La tête d'Annelle bascule en arrière, soulevant le voile et découvrant la gorge. Caboche voit le noir courir sur elle, lui manger la peau à moitié, comme si la tête ne tenait plus que sur une moitié de cou. Il recule brusquement.

Un souffle passe sur son visage. Hémo s'est avancé pour la redresser. Il demande : « On ne va pas la laisser partir, cette fois-ci. On va la garder avec nous, n'est-ce pas ? »

Caboche ne répond pas. Dans l'obscurité, sa main cherche l'enfant. Quand elle le trouve, elle l'agrippe, et le tire en arrière. Hémo, surpris, vacille et Caboche entend le corps d'Annelle qui tombe un peu plus loin dans l'ombre. Il traîne derrière lui l'enfant qui crie et se débat, toujours tendu vers elle.

Caboche ouvre la porte et le jette dehors. Tandis qu'ils sortent, le soleil entre derrière eux et saisit Annelle telle qu'elle est, allongée au sol. La lumière âpre se précipite sur son corps, remonte le long de la dentelle jaunie, révèle la fibre pourrie qui laisse apparaître de grands trous. Elle court le long de la gorge, sur la veine proéminente, gonflée et bleuie. Et elle éclaire son visage à moitié noir, ses yeux interdits qui semblent tout observer sans rien comprendre.

De toutes ses forces, Caboche traîne Hémo jusqu'au ruisseau plus bas. Il l'envoie plonger dans l'eau et il y plonge aussi. Il enlève les habits de l'enfant et le lave. Il frotte ses bras, son torse, ses jambes, jusqu'à faire rougir sa peau. Il frotte pour que le froid et l'eau le débarrassent de tout, que son corps oublie le contact de la chair corrompue, et l'ambiguïté aussi.

Sous ses mains, l'enfant pleure. Il grelotte silencieusement, laissant faire ces doigts qui passent sur sa peau, à la recherche de quelque chose d'invisible à chasser. Lentement, sa chair se contracte autour de ses os. Et il regarde cette eau qui part pour dévaler la pente, sans savoir ce qu'elle emporte avec elle.

L'ourse est là, juste un peu plus loin, sa silhouette massive fondue entre deux branches. Elle les observe, les yeux posés sur l'enfant. Et quand ils se lèvent enfin, ils passent devant elle sans la voir.

Ils redescendent le chemin. Le ruisseau semble différent, vu dans l'autre sens. Son fil est moins tendu.

Son contour s'alanguit sur les bords, s'étale en flaques secondaires, remplies d'une eau stagnante capturée derrière un rocher ou une souche, peuplée de libellules et de dytiques.

À mesure qu'ils descendent, le sol apparaît plus sablonneux sous les feuilles vertes et la lumière qui perce. Le sentier est maintenant bordé de grumes que les bûcherons ont laissées ici pour les emporter plus tard. Et, un peu plus loin, il ressort enfin à la lumière.

Les enfants sont les premiers à les voir, depuis les champs en contrebas. Ils courent derrière leurs parents, les bras chargés d'épis, rassemblant le blé fauché. Et ils s'arrêtent pour les observer. Le boucher, d'abord, puis l'enfant nu, grelottant derrière lui.

Ils le reconnaissent. C'est le petit vacher, le demi-ours. Ils regardent son corps blanc au soleil, sans aucun poil, et ces mains qui cachent des yeux éblouis par la lumière. Leurs parents s'arrêtent à leur tour. Ils se taisent devant ces deux silhouettes qui descendent le pré.

Caboche retire sa veste pour la passer autour d'Hémo et cacher un peu de sa nudité. Mais Hémo a relevé la tête. Il marche, déployant son corps au soleil comme s'il s'habituait à lui, la peau offerte aux rayons et aux yeux des paysans interdits. Lui aussi les considère, sans honte ni haine. Il semble seulement s'étonner de les voir encore là, comme s'ils appartenaient à un monde déjà disparu.

Et tandis qu'il marche, il prend la main de Caboche dans la sienne.

Le boucher sent les doigts encore froids de l'enfant se refermer sur les siens, et la chaleur revenir par le milieu de la paume. C'est une vie neuve et invisible qui emplit ses veines.

Caboche ne sait pas exactement ce qu'il ramène avec lui aujourd'hui, ce qu'il vient d'arracher là-haut à l'étreinte de la mort et de la pourriture. Mais ce sang qui bat contre sa paume, cette vie-là, il sait qu'elle appartient à un nouveau monde, lavé de l'ancien, libéré de la confusion. Et c'est ce corps qui viendra un jour récolter ce que lui a semé. C'est lui qui finira de séparer ce qui doit l'être.

Composition : PCA/CMB
Achevé d'imprimer
par CPI Firmin-Didot
à Mesnil-sur-l'Estrée, en avril 2022
Dépôt légal : mai 2022
Numéro d'imprimeur : 169671

ISBN : 978-2-07-296048-2/Imprimé en France

400600